漱石之心

夏目漱石的哲学与文学

［日］赤木昭夫 著 信誉 译

生活·讀書·新知 三联书店

SOSEKI NO KOKORO
by Akio Akagi
© 2016 by Akio Akagi
Originally published in 2016 by Iwanami Shoten, Publishers, Tokyo.
This simplified Chinese edition published 2023
by SDX Joint Publishing Co., Ltd., Beijing
by arrangement with Iwanami Shoten, Publishers, Tokyo

图书在版编目（CIP）数据

漱石之心：夏目漱石的哲学与文学／（日）赤木昭夫著；信誉译. —北京：生活·读书·新知三联书店，2023.2
　ISBN 978 – 7 – 108 – 07406 – 5

　Ⅰ.①漱…　Ⅱ.①赤…　②信…　Ⅲ.①夏目漱石（1867-1916）－文学研究
Ⅳ.①I313.064

中国版本图书馆 CIP 数据核字（2022）第 069341 号

责任编辑　陈富余
装帧设计　鲁明静
责任校对　曹秋月
责任印制　李思佳
出版发行　**生活·讀書·新知** 三联书店
　　　　　（北京市东城区美术馆东街 22 号 100010）
网　　址　www.sdxjpc.com
图　　字　01-2018-4006
经　　销　新华书店
印　　刷　河北松源印刷有限公司
版　　次　2023 年 2 月北京第 1 版
　　　　　2023 年 2 月北京第 1 次印刷
开　　本　850 毫米 × 1092 毫米　1/32　印张 6.75
字　　数　122 千字
印　　数　0,001 – 6,000 册
定　　价　42.00 元
（印装查询：01064002715；邮购查询：01084010542）

序 言

首先，我希望读者能把本书的题名《漱石之心——夏目漱石的哲学与文学》看作一个双关语。

若是想要了解夏目漱石这位作家的"精神（心）"，也就是他的"认知活动之构成"，就必须从了解他的思维成果（哲学）和创作成果（文学）着手。这是因为漱石精神活动的主要内容正是哲学和文学。本书便是在这个基本立场上写作的。

实际上，我最初只是按编辑岛村典行先生的要求，照着"岩波新书"的模板起了这个简短的书名。此外并没有其他用意。

不过恰巧漱石代表作的题名也是《心》，故而刚好可以用这个词来刻意影射《心》这部作品所包含的哲学与文学。这样一石二鸟的意义确实难得。所谓的双关便是如此得来。

而对于漱石来说，"心"也是个被赋予了特殊意义的词。

由于漱石最后的作品《明暗》未得竟稿，故而在他曾亲自确认并出版的单行本中，最后一部作品即是《心》。

这本书的装帧也是他亲自设计的。在鲜红的底色之上，漱石用中国古代的文字（石鼓文）摹写了葱绿色的书名——目前

岩波书店名著复刻系列，夏目漱石作品《心》

我们在漱石全集或者文库本版本中都能看到它。然而，漱石也仅仅是醉心于字体，并没有将其字义寓于其中。

封面中央有个矩形框，其中的内容是从中国古典著作中引征的"心"字的定义。字义的出处是漱石藏书中的《康熙字典》。在这部书中，我们能读到这样的解释（括号中为原著书名）：

心者，形之君也，而神明之主也。（《荀子·解蔽篇》）总包万虑谓之心。（《礼·大学疏》）又心，纤也。所识纤微无不贯也。（《释名》）又本也。复其见天地之心乎。（《易·复卦》）天地以本为心者也。（《注》）

总结以上这些定义的共通之处，那便是"无论是神还是人，所有的生物以及整个自然乃至宇宙，不外乎都是'心'"。这是一种古代东洋的哲学。而本书中所谓的哲学，是一种不问东西、力图用最少的概念来解释整个世界的学问，或指在这个过程中所使用的方法论与基本概念。

另外，在单行本《心》出版之时，漱石在报纸广告（并不是连载该作的《朝日新闻》，而是《时事新报》等报纸）中刊载了这样的宣传语：

　　向那些想要捕获自己内心的人推荐这部能够捕获人心的作品

这可能会被人认为是出于他的过度自信，或是他"用力过猛"。但可以确定的是，他既然煞费苦心地想出了这样一条宣传语，必定是出于某种与之相应的强烈意愿——探究阐明这个意图正是本书的目标。

在这里，我希望读者留意的是，漱石那句宣传语固然可以从个人心理的层面出发来理解，但小说封面那个来自中国古文的"心"的定义则应看作代表着一种宇宙论式的超个人的哲学。比较而言，对它们的讨论代表着微观和宏观两个层面，而这两个层面之间的差距是非常大的，所以即便将它们关联起来思考，也会产生某些隔阂感。

一个人在评价（宣传）自己的作品时，不知为何说出了这种有些违和感的内容，想必会有很多读者觉得奇怪和矛盾吧。

大正时代初期的读者们自然也有这种感觉。甚至可以说，当时他们的感觉比我们现在要更加强烈。这是因为在那个时候，人们的个人心理意识渐渐变强了。

漱石看到当时人们对心理的认知，发现所谓的"时代精神"正是由这种个人心理积聚而成的——他通过小说的形式展现了这一点。

可能正是出于这个原因，当时的读者在接触到这本书时才产生了意外之感，觉得有些矛盾甚至是困惑吧。

也许身为作家的漱石，他的目的就是让这种轻微的违和感唤起读者的注意，造成一种冲击（陌生化）吧。

正如本书将要阐述的，小说《心》以及作为其理论基础的《文学论》之中的"时代精神"并非东洋传统意义上的"心"，而是黑格尔所谓的"时代精神"。当然，它更难理解。

虽然小说的具体内容完全不同，不过难以理解的主要原因，在《少爷》一书中同样存在（对这个原因的具体解释请参见本书第一章）。

对漱石来说，大多数读者无法在第一时间理解自己殚精竭虑写下的作品，是极为遗憾的事情。乃至在他写给自己亲密弟子的信中，都能看出他的愤愤之情（见本书第 29 页）。

当然，并非所有作品都是这种情况。但由于漱石的两部代表作《少爷》和《心》都是如此，人们便也因之难以全面地理解夏目漱石这个作家。这是一个不应忽视的重要问题。

但关于这一点，近百年来历代的研究者和评论家在面对这个残酷的问题时都有些人云亦云，纷纷败下阵来。

这是为什么呢？其实原因出在漱石的小说主题和表现特点上。那，我们怪罪漱石本人就好，把研究者和评论家"无罪释放"吗？不，这种"法外施恩"可使不得。

因为无论有什么借口，发掘作品的真意都是他们的本职工作。直截了当地说，他们不但不能找到漱石文稿中的精华，甚至连漱石比较常见的文章都没有读懂。这是能力欠缺的问题。

既然已经明确指出了这些研究者和评论家未能企及的问题，在此基础上，笔者认为，让他们"败北"的漱石小说的特征可以举出以下三点：

第一，从主题的性质上来说，倘若漱石将作品写得简单易懂，那么极可能会触犯当局的禁忌，致使自己的作品遭到封禁。为了避免作品被禁，漱石放弃了"直接攻击"，选择了反讽的写法。他期待着读者的解读。

结果，在作品发行的时候，读懂的人虽然心下明白，却无法公开讨论。如果公开讨论的话还是会让作品被禁。于是，这种"无言的文脉"便渐渐变得模糊起来，漱石作品那生动的影响力也随之减弱了。

第二，漱石想要忠实于自己关于"时代精神"的哲学，他不愿为自己的小说写下一个虚伪的结局。因为时代精神是一直在变迁的，今后也会继续变化。他相信这是真理。

研究者和评论家都觉得漱石"不会"那种写作。但，如果觉得他"不会"的背后没有值得发掘的信息，这就是对漱石的误解或忽视了。

第三，尤其"罪孽深重"的是他们太过信奉罗兰·巴特（Roland Barthes）《作者之死》（一九六七）中的理论，即作品与作者的意图无关，全凭读者来解释。以至于研究者和批评家们竞相提出一些奇谈怪论来（这无异于劣币驱逐良币）。

巴特的主张本来是"面向那些来自消费主义的恶俗评论的死亡宣言"，并不是说"作者已死"。倘若那些新奇的观点对于作品的解读并无裨益，那就只是一些奇谈怪论，是应该被学会或评论刊物批判并驱逐的。但在日本，这种"净化"力量实在太薄弱了。

但那些合格的、真正的作家则能够感受到漱石的意图，同时具备深刻认识它的能力。这是幸事。

虽然已经过去了近百年，但一些作家凭借着只有作家才具备的深刻感知力，慢慢发现了漱石的表现与意图的大致轮廓。

比如大冈升平和丸谷才一对《少爷》部分内容的解读以及阿部知二和大江健三郎对《心》的主线故事的解读。

受到这些作家的鼓舞，本书尝试在回归漱石原始资料的基础上，对较为可信的漱石本人的记述证据（有些是口述资料）进行发掘，以此来探求并阐明那些隐藏在漱石作品深处的信息。

写作本书的契机来自朱牟田夏雄老师——我曾在英国小说解读的通识课和专业课上受到他的严格训练。我注意到朱牟田老师有志于翻译漱石喜爱阅读的书籍，于是就想到去阅读一些漱石读过的小说之外的书籍。很多年过去以后，我才开始写作这本书。

整理初稿时，承蒙 T.E、H.H、H.Y、T.Y 四位学兄惠览并提出很多合理的建议。

在查找资料时我得到了东京大学美学研究室的濑尾文子、东北大学图书馆的各位同人以及姬路文学馆的甲斐史子等朋友的协助。

得以成书承蒙多方关照，我特别要向以上诸位致以谢意。

最后，尤其不应忘记的是我大学时代以来的友人 Y. N。他开玩笑地说我的研究是"偷闲作业"。而正因为是偷来的"闲"，所以才能够有新的发现。我认为他这句话是对我的褒奖。

第一章 《少爷》的讽刺

错失的主题

几乎所有读者都把《少爷》看作一个惩恶扬善、大快人心的故事。

有不少人在一生中无数次地阅读这部小说，其中一个代表人物就是作家大冈升平（一九〇九——一九八八）。他曾坦率地这样讲：

最初读到它是在中学一年级的时候。它是我有生以来第一次读完的不带注音的书。那时候我觉得自己做到了很多同龄人都没有做到的事，有些骄傲。同时又因为仿佛窥见了成年人的世界而内心激动。

它生动地描绘了明治时代一些地区复杂的利害关系和学校里的人事纠葛，中学一年级的我读完之后感慨万千，觉得：啊，这就是人生吧。

（漱石）透过孩子气的"少爷"的眼睛，把人生的诸般情形写了出来。所以当时还是孩子的我也能轻松读懂它，也会产生共鸣。那时就把它重读了两三遍。那之后，我读完一本其他书后就会在睡前重读一下它。就连现在也是，当某项工作结束需要转换头脑时，还有想得到某种慰藉的时候，我都会这么做。

（读的时候）有时面带微笑，有时则会直接笑出声来。直到把它浏览一遍之后我才会安心入睡。（《一册书　全》，一九六七）

大多数读者可能都是像他这样去读这部小说的吧。

与此相反，评论家的解读则是众说纷纭。虽然这部小说已经刊行一百多年了，但对它的解读至今仍旧层出不穷。不过，我们并不能认为有这些评价就足够了。这一混沌状态实在是持续太长时间了。

一部分人将所有观点都以历史为度量，另一部分人则站在当下的立场进行横切面式的罗列论述。这些将读者弃之不顾、从专家的立场出发的八面玲珑的解读甚嚣尘上，最近似乎愈发流行起来。

前者的代表性做法可以举出四例。第一，按照以前的方法，认为这部小说是以漱石在松山的经历为原型写作的，也就是私小说的读法。第二，依照战前，特别是大正时代的修养主义的原则，将它看作一部讲述孤独青年寻求精神独立过程的作品。第三种是比较新的观点，这种观点比较重视作品中旧佐幕派对抗萨长藩阀政府的这条线索。第四种解读看到小说的主人公离开职场、一无所获地返回东京，而唯一支持他的阿清却去世了，对主人公的这一悲剧表示同情。

另一方面，属于后者的解读方式则能找到七种代表。其中有"对东京帝国大学的批判""反映城乡歧视的作品""想要在现代社会里出人头地的家境优渥的'少爷'成为'江户子'的故事""从现代性感受出发而产生现代批判的一种自我矛盾"，再算上最近流行起来的女性主义批评、后殖民批评、民族主义批评，总共给这部作品扣上了七顶"帽子"。

但不管是哪种解读，都让读者迷惑不已。对于这种众说纷纭的阐释，漱石自己又是怎么回答的呢？

小说发表仅仅五个月后，就有记者采访漱石，询问这部作品的原型。（《国民新闻》，明治三十九年八月三十一日）

本以为漱石最多会回答说是对《格列佛游记》（一七二六）的戏仿，没想到他却提起了《金银岛》的作者罗伯特·路易斯·史蒂文森（一八五〇—一八九四），并谈到了一部作品，标题很有史蒂文森的风格。虽然史蒂文森确实写过类似名字的作品，但漱石提到的那部作品集却是不存在的。不过人们都没有注意到这个细节，他巧妙地避开了这个话题。

不过，他可能也觉得这么讲有些过意不去，便又说"地方性的特色——像那些真实的风景是难以虚构的，如果不'写生'的话是没办法顺利写作的"，承认这部小说借用了四国的松山作为故事发生的地点。

倘若将漱石的这个回答引申来看，就得出了"故事的背景虽然在松山，主题却是虚构的"这样的结论。因此批评家的解读便拘泥于支撑这个虚构故事的各个细节，也就一直没能抓住小说的核心主题。把细枝末节的内容纷纷牵强附会为主题的话，解读也自然变得莫衷一是了。

就对《少爷》的解读而言，一般爱好者和文学专业研究者、批评家之间的鸿沟未免太深了。

导致这样四分五裂局面的根本原因又是什么呢？这是因为人们忽视了《少爷》在本质上是一部讽刺小说。不，甚至可以说，在很长时间里人们都没有注意到它是一部讽刺小说。

隐秘的暗号

在古典时代，人们主要通过诗歌来讽刺。那么通过现代小说进行讽刺是从何时开始的呢？

它开始于十六世纪的西班牙。当时的正统文学都与教会的立场保持一致，所以只有那些敢于违逆教会的"流浪汉"

（picaresque）才敢于控诉腐败和贫困问题。漱石所谓的"写生"也因之得以成立。所以，此时的"讽刺"就是指流浪汉的冒险故事。

于是，西班牙在十七世纪成就了一位米格尔·德·塞万提斯。而十八世纪英国的乔纳森·斯威夫特又将之升华成了随船医生在异世界诸岛航海冒险的游记。然后，在明治时代的日本，漱石又把故事的结构改造成了青年惩治无良教师的一出"武生戏"。漱石加入了对"流浪汉小说"进行戏仿和再戏仿的大军之中。

戏仿在日语中被翻译为"戏作"（もじり），虽说它往往被认为蕴含着某种消极情绪，但实际上，它在希腊语里被称为παρωδία（反歌），原意是指与原作的方法或主题相对的创作。这就是说，它以创新的方式为我们带来过诸多杰作。当然，像塞万提斯、斯威夫特、夏目漱石等人全都是积极戏仿的典型作家。由于他们的作品主题往往依赖于各自的时代与社会背景，所以我们暂且不谈这个话题，只对其方法和结构进行比较——在这个意义上，漱石的创作要比想象中的更加新颖和超群。

漱石的讽刺不好太过露骨，但如果表达得过于隐晦又达不到想要的效果。因此他对表现手法的择取是十分慎重的。漱石没有在文章中明确地用"一、二、三"的形式去写，而是在一些必要而恰切的地方埋下了某种"暗号"————一种可以解释成多种含义的、能让他免遭当局询问的暧昧的暗号。

对于那些能够捕捉到表现暗号特定含义的线索的人来说，这一类暗号已经传达了大量的信息，但那些对此一无所知的人则不会注意到它。

那么《少爷》一书中隐藏着什么样的暗号呢？如果反复细读，就会发现，书中的三处描写值得注意。它们颇似讽喻（allegory），但遗憾的是，迄今为止并没有人深入地追究它们的含义，也尚未有人给它们一个足够合理的注解。

按书中顺序，第一处暗号在第一章的开头部分。它具备一种强烈的悬念效果，让读者十分期待后面的故事。那就是，"少爷"的邻居、叫作"山城屋"的当铺家的儿子来偷栗子被"少爷"逮到后，从六尺（约1.8米）高的地方头朝下倒栽下来痛苦呻吟的场面。

暗号是这个"山城屋"，不过漱石为了含糊其词，把"少爷"在松山投宿的旅馆也起名叫"山城屋"。不要贸然认定这是漱石由于疏忽而犯下的错误。这种当铺或旅馆的名字极其常见，漱石应该是为了躲过审查才这样做的。

第二处暗号在接近故事正中间的第五章。"少爷"开始对"红衬衫"等人的行事产生怀疑，故事的展开渐渐吊起了读者的胃口。这个暗号就位于悬念效果增强的地方。

这一段就是，"红衬衫"和"帮闲"邀"少爷"去海钓，"红衬衫"看到小岛上伸展着枝丫的松树，便说它像透纳画里的松树，于是"帮闲"就说给小岛命名叫"透纳岛"。这里的"松"就是暗号。不过如果没有提示的话，"松"并没有什么特定的含义，这样就可以避开审查了。

第三处在这稍后面的一个地方。"帮闲"提议说在"透纳岛"的岩石上放拉斐尔的麦当娜像[1]，"红衬衫"便说别谈这个话题，又"呵呵呵"地干笑起来。"少爷"乱猜，"麦当娜"大概是哪个艺伎的花名吧。

"麦当娜"这个仿佛哑谜一般的词也是一个暗号。不过，要是说这是英文老师"青南瓜"的未婚妻的名字的话，当局也就无可训诫了。

为了探寻暗号之中的线索，正常的做法自然是先找到暗号之间的关系，以及暗号所组成的伏线脉络。

写完《少爷》后，漱石还做了这样的事情。他在《文学评论》（明治四十二年）第四编的《斯威夫特与厌世文学》一文中谈道："讽喻……就是将一组事件的序列（the course of events）用另一组事件的序列（another course of events）比喻性地表达的方法。"

那么仿效这个定义，上文所列举的"山城屋"—"松"—

---

〔1〕 即圣母像。

"麦当娜"所组成的暗号的序列，就成了用来比喻性地表达讽喻对象的序列。笔者将其中的一个映射关系和其他的映射关系关联起来进行推理，再让暗号的解读相互作用，没想到一下子就把这组暗号解开了。

线索：元老的行径

漱石写作《少爷》是在明治三十九年（一九〇六）。这样，稍解时事的人就都会想到，这个融通资金的当铺"山城屋"必定和因花光陆军省公款而自杀的山城屋和助（一八三六—一八七二）有关。

然后，那个当铺的儿子，可能就是影射事件发生时的陆军中将、官居陆军大辅兼近卫都督（天皇亲卫队司令官）的山县有朋（一八三八—一九二二）。

山城屋的本名叫作野村三千三，明治维新前参加过长州藩奇兵队[1]，维新后从商。他靠着奇兵队时代的上司山县有朋等人的门路常在陆军省走动。可以推想，那些陆军高官一定会像当年的幕末志士一样向他索取财物，作为山城屋在军需品生意中赚钱的代价。前后加起来，那必定是一笔很大的金额。

─────────────

[1] 幕末时期长州藩的常备军之一。

为了筹措这笔贿赂金，山城屋便请求挪用陆军省公款去投资生丝生意，将军们也不好拒绝。结果资金收不回来，他逃到了巴黎。后来这件事在政府内部传开了，山县便命令他回国。但山城屋填不上总计六十五万日元（相当于国家预算的 1%，陆军预算的 10%）的亏空，还烧毁了证据文件（可能是将军们开的借条？），就在明治五年（一八七二）十一月二十九日，在陆军省一间屋子里切腹自杀了。

山城屋自杀的七个月之前，山县有朋辞去了近卫都督一职。事后他被司法省追责，次年四月，又辞去了陆军大辅的职务。漱石写下"当铺儿子的跌落"一段就是对此的讽刺吧。

漱石发表在《文学评论》上的文章中引用《格列佛游记》第一编第三章的内容，说："小人国的大臣们在天子面前使尽浑身解数以取悦之。"如果我们回头去翻原著，就会发现其中就有想要当上大臣的人表演走钢丝却摔落下来而受伤的剧情。可以想见，漱石设定第一个暗号"山城屋"的时候，脑海中曾浮现出了这段剧情。不过，就算我们仅仅从"当铺儿子的跌落"这段来看，也会凭直觉联想到这是在隐喻政治家落马吧。

既然我们将第一个暗号同山县有朋联系起来，那么再看第二个暗号"松"的话，就会想到它同京都无邻庵的"松"有关。

无邻庵原先是南禅寺旁的一块土地，一家名叫"丹后屋"

和歌碑旁由山石围成了四角的形状，御赐的松树种在其中。
西南角附设了一栋两层砖造的西式建筑，用于密谈和藏身。

无邻庵平面图

的汤豆腐餐馆从明治维新前就在那里经营。山县得到这块土地后，于明治二十九年（一八九六）在其上建造了他的第二处别邸。

山县从琵琶湖挖渠引水建造池塘，栽树时又从东山借景，独占了绝美的景趣。故此他放言这是"没有比邻的庵"（无邻庵）。像这种无所忌惮的奢华，也只有时任首相的他才能做到吧。

经历过这种重大贪腐事件，普通人是不可能东山再起的。但山县有朋却立刻成为元老，继续掌握着国家的最高权力。这并非他的好运使然，而是由于他有足以摆平这些的后盾。但为他所写的那些传记并没有去彻查这个关键所在。

然而，山县在建造无邻庵庭园的过程中却意外地显露了他的行动原理（思想）。对于他来说，摆布政治体制同在庭园中

10

配置树木和山石都恰好要具备三个特点：细致的设计（计略）、周密的施工（人事）以及天皇的"贴金"（权威）。

首先，明治十一年（一八七八），山县通过设置参谋本部，使得军队的指挥权绕开了首相和陆海相，由参谋长向天皇上奏决定（统帅权与帷幄上奏）。

这项禁止他人染指军队的制度在明治二十二年（一八八九）公布的大日本帝国宪法之中仍然存续着。在明治三十三年（一九〇〇），没有军部参与就不能组阁的制度（军部大臣现役武官制）更是被绝对化。这个存在于宪法漏洞中的三位一体的制度让军队彻底摆脱了文职官员的制衡。

当然这些都是以天皇的名头去做的，而令人惊讶的是，这些立案全都是由山县有朋一个人推动的。那之后，身为元老垄断了包括首相推荐权等国家权力的山县，其地位和权力已经被这种明治宪法特有的"大权"合法化了。

无邻庵的"松"正是这种在暗中一手掌握大权的象征。它曾被报纸大肆宣传，其厚颜程度简直令人咋舌。明治三十五年（一九〇二）一月一日的《东京日日新闻》（《每日新闻》的前身）刊载，前一年无邻庵内种下了明治天皇下赐的两棵松树，故此将松树的照片给天皇过目，天皇创作了和歌赐予山县，山县应和了两首。

天皇御制："待到幼松繁茂时，相友千载亦不衰。"

山县应和："幸得松荫一片绿，子孙难忘此恩深。"

"唯愿小松速长成，皇恩雨露垂草庵。"[1]

但这段唱和完全是凭空捏造出来的。因为松树并非天皇主动赐予，而是山县讨要得来的。

在宫内厅编纂的《明治天皇纪》中，明治三十四年（一九〇一）三月记录着这样的内容：山县有朋通过宫内大臣表示想要京都御所内的一棵松树，考虑到松树移植出去万一枯死会被世间认为是不祥之兆，便一下赐给山县两棵。其中还记载着，关于松树照片的那首和歌实际上是侍从长所写。还有，当时山县曾乞求一件天皇御衣用来装裱"御制和歌"，但对方考虑到此举有损伤天皇之嫌，于是便将其他布料赐给山县。

向天皇讨要衣物是件颇不寻常的事情。山县大概是想要验一验天皇对自己的恩宠，然后去向人夸耀吧。直到今天，那块刻着和歌的石碑仍然立在无邻庵的水池边，不过山县引以为傲

---

〔1〕 三首和歌的原文为：「おくりにし若木の松のしげりあひて老の千とせの友とならなん」、「みめぐみの深きみどりの松かげに老もわすれて千代やへなまし」、「おひしげれ松よ小松よ大君のめぐみの露のかかるいほりに」。

的御赐松树早已枯死了。

第三个暗号"麦当娜"接在山县有朋和无邻庵的松树之后，暗示的是山县身边的女性。山县曾为日本桥吉田屋的艺伎大和（吉田贞子）赎身。随后她隐居在江户川附近。明治二十六年（一八九三），山县的正室友子亡故，于是她成为山县事实上的继室。不过吉田贞子没有入籍，只是妾的身份。

那个时代，若政治家纳妾，以《万朝报》为首的那些报纸上的逸闻专栏会立刻变得热闹起来。

被山县推荐成为首相、发动日俄战争的桂太郎（一八四八——一九一三）曾纳日本桥出身的阿鲤为"权妻"。后来由于桂太郎支持率降低，为缓和民意继而组阁的西园寺公望（一八四九——一九四〇）更是并未娶妻，将艺伎玉八、房奴及侍女花子、绫子四人收为"权妻"。

在明治时代，人们将并非"正妻"的"副妻"称作"权妻"。这说明纳妾在当时并不被认为是罪恶的事。在明治三十一年（一八九八）修订民法以前，妾室都是被承认为二等亲的。

按这个思路来解读暗号的话，就会立刻发现，书中的校长"狸猫"影射山县，教务主任"红衬衫"影射西园寺，而美术老师"帮闲"则影射桂太郎——我们只能认为这是对三位首相的讽喻。

桂太郎常常笑眯眯地靠近别人，亲密地拍别人的肩膀，很擅长笼络他人。所以记者们给他起了个外号叫作"笑面虎"。

桂太郎曾自费留学德国，回国后被山县提拔为陆军大尉，此后一直对山县忠心耿耿。后来他成为山县遍及陆军和内务省势力的代言人，时间一长，就养成了"笑面虎"的性格。而且，即便桂太郎出谋划策，他的意见也都会被认为是山县的主意。所以人们都轻蔑桂太郎，认为他不学无术，只懂得讨好山县而已。

于是漱石就把他写成那个身无长技只会敲边鼓的"帮闲"了。这是山县的用人之术。

另一位西园寺是历史上第一位身着洋装进宫朝觐的公卿，又是个烟鬼，还自称懂得文学，以喜欢装模作样地摆架子著称。漱石将他这几个特点一一暗示了出来：首先是刺眼的"红衬衫"，然后是用手帕擦拭的"烟斗"，最后则是那本红色封面的杂志《帝国文学》。

从"帮闲"桂太郎和"红衬衫"西园寺逆推，就能猜出那位"狸猫"是山县了。大概有不少读者都猜到这一点了，因为推理起来还是很容易的。

但是，漱石并没有为我们提供将三位中学老师同三位元老联系起来的决定性证据。如果他将这一点明确说明的话，这部小说一定会被内务省审查，旋即遭到封禁。漱石想要的政治讽刺效果大概是没能达到的。因此，当被探访记者问起小说原型的时候，漱石也只好顾左右而言他了。

漱石在明治三十九年三月一口气写完了《少爷》这部小说。不过实际上，在他执笔前的半年时间里，日本在日俄战争的影响下经历了很强的震荡——这种强震不仅是政治性的，也是社会性的。政府的言论管制不知什么时候就会找上门来，对于小说家来说，这已经是十分危险的情况了。

战死者的人数要超出预想许多；为了维持巨额的军费实行增税；生活必需品价格上涨；平民对艰难生活充满愤懑；民众对媾和条件不满——这些成为明治三十八年（一九〇五）九月日比谷烧打事件的导火索。随后，政府在东京各区施行为期半个月的戒严令，再加上次年三月的反对东京市电价上涨事件，骚乱一直在持续着。

为了安抚人心，明治三十九年一月七日，西园寺内阁上台取代了桂内阁。在元老山县有朋的指示和原敬（一八五六—一九二一）的斡旋下，议会之外的磋商也颇有进展。当然，那全都是以政党利益为优先的协商。

明治宪法中首相由天皇提名的规定让这些政治运作得以实现。不过，由于天皇免受追责，首相实际上是由元老推荐，首相的人选实际上是由山县个人决定的。他单方面地决定着国家的方针。民意自不必说，就连议会也是形同虚设。

在这样的政治背景下，漱石创造出了属于他自己的写作方法和结构——这是由他想要讽刺的对象决定的。

滑稽、讽刺与戏剧性的宣泄

为了避免当局的审查，漱石创造了独有的写作方法。这虽然是迫于形势的苦肉计，但反而提高了作品的讽刺效果。他的方法有如下四种：

第一，采用暗号和线索暗示所讽刺的人物。

第二，虽然对讽刺的人物略有暗示，但避免那种让读者把该对象的行为同书中的故事立刻联系起来的直接讽刺。

对于讽刺而言，至少要进行三个方面的记述：被讽刺的"人物"、讽刺的"举止"以及适合进行讽刺的"根据"。有关"举止"和"根据"的记述揭示了"人物"的存在，但双方在表面上是彼此分离的。

所以在写作的过程中，有时候要让人觉得"是"，有时候又让人觉得"非"，有时候则要"似是而非"。关于那三个方面的记述构成了故事，而读者的解读又让故事成为一个寓言——这就是漱石小说的整体结构，一种在其他讽刺小说中看不到的独特结构。

虽然描写的形象已经无限接近讽刺的对象了，但在面对当局审查的时候，漱石仍然可以将其推给另外三个人——作为替身的寓言主人公"狸猫""红衬衫"和"帮闲"。漱石让这三个人演了一出跌宕起伏的故事。不仅瞒过了审查人员的眼睛，还让读者们被这个"流浪汉"的冒险故事深深地吸引住了。

即便没有发现那些讽刺的暗号，读者们仍然可以将《少爷》当作一个惩恶扬善的滑稽寓言故事来独立阅读。直到今天，这部小说仍然备受欢迎，正如大冈升平所说，它能够让年轻的读者了解社会的善恶两面。

这一点，漱石自己也是知道的。在《文学评论》上的那篇《斯威夫特与厌世文学》中，漱石在谈到小人国大臣的表演时讲道："即使不将它看作讽喻而仅仅作为一段小故事来读，它的有趣也是让人手不释卷的。"

第三，也是最重要的特征，就是从滑稽到讽刺的发展。"少爷"和"豪猪"的所谓"正义的滑稽"引出了另一边"狸猫""红衬衫"和"帮闲"的所谓"恶人的滑稽"，并且在后者的滑稽中凸显了他们成为讽刺对象的举止和理由。这是非常戏剧性的。

在这样的故事结构中，我们应该如何认识漱石书写滑稽与讽刺的立场呢？

斯威夫特一开始就是厌世的，他讨厌人类，觉得人类从一开始就应该被当作讽刺的对象。所以在他的《格列佛游记》中并不需要漱石那种故事结构，也并没有做这样的尝试。

但与此相反，漱石对人类并没有那种程度的绝望。漱石信任读者，他期待着读者能够自行去追究"恶"（即近来文学理论中提到的拟像）。

文学中的讽刺（satire）原本就是指通过谐谑（humor）与滑稽（ridiculousness）这两种手段对人物与社会，特别是政治层面不符合社会规范的事物所进行的严厉否定。

谐谑之中，包括笑话、机锋（wit）、挖苦（irony）等。简单来说就是使用修辞技巧（rhetoric）让语言"错位"：为其赋予某种非常的含义、使用与实际情况不相符的——漱石在《文学论》（明治四十年）中将之归类为"不对的"[1]——一种语言。这些都仅仅是一种语言的表现，并不伴随动作。

而与此相对的，虽然人们往往将某种单纯的语言表现或是单纯的身体行动视为滑稽，但通常说来，它是指个人或团体所做出的反常的、往往伴随着动作的奇怪言行。

是单纯的语言表现还是以行动为主体——这一点区分了谐谑和滑稽，但它们都具备"不协调性"，也就是与正常情况的"错位"。语言或行动在表意上的二重性（多义性）让它们得以成立。

这就是说，人们在面对"表面和深层""字面和用心""语言和行动"等的不一致的时候，存在着"应该选取哪个含义来解读"的暧昧（多义）。这种基于暧昧的表现及对其别有意趣的

---

[1] 意为"不协调的"，后文中有说明。

解读正是谐谑和滑稽。

滑稽唤起了滑稽，这种滑稽的连锁反应在日常生活中也能观察到。落语[1]中被称作"伏笔"的套路就是登场人物将要做出滑稽言行的预兆。它让观众对人物的言行和结果的不一致有所预期，然后让人物做出符合这一预期的"错位"（滑稽的）言行，这样一来就能把观众逗笑。

广为人知的例子就是落语《时荞麦》，故事里面的两个人夸奖荞麦面的方式和计数的不同产生了东施效颦的效果，使得观众发笑。

漱石在《少爷》里接连写了"天妇罗荞麦面""团子""温泉游泳"等滑稽桥段，前一个滑稽又预示着下一个滑稽的出现，让学生们的揶揄之心不断高涨。这样，"少爷"便渐渐变成了滑稽的存在，也让读者们从微笑苦笑渐变为大笑了。

此外，落语《小言念佛》则是一个滑稽转化为讽刺的标准案例。故事里的主人公不断念叨着不应该在念佛时提到的事物（作为火锅食材的泥鳅、调味料的酒等）。这就超越了滑稽，对信仰的本位进而对宗教本身都进行了讽刺。

---

〔1〕 日本民间曲艺的一种。一人表演，专以诙谐有趣的语句和夸张滑稽的动作逗人发笑。内容多取材于民间故事和笑话。因节目以俏皮话或双关语结束而得名。

在这个意义上，最为突出的例子是狂言[1]《宗论》。故事中的净土僧人和日莲僧人围绕教义争执不休，竞相念佛，结果两个僧人把佛念乱了，念成了对方宗派的口号。故事没有选择在滑稽的情节中将某一观念升华成为讽刺，而是让讽刺从滑稽与滑稽的对立纠葛之中派生出来。

当然这并不是说漱石是为了写作《少爷》而刻意模仿了日本传统的滑稽或讽刺的手法。这些手法已经深入其心，在他想要进行讽刺的时候自然会顺理成章地涌现出来。漱石便顺水推舟了。漱石那天才般的感受性的种子在日本传统的曲艺艺术这个温床中发芽，又吸取了以菲尔丁、劳伦斯·斯特恩、斯威夫特等人为中心的英国文学的养分，得以不断生长开来。漱石的讽刺正是种子、温床、养分三者的馈赠。

《少爷》这个寓言，说到底，就是在讽刺以"红衬衫"为代表的"双重道德"。他一方面将《教育敕语》[2]中的道德强加给学生，另一方面却一边同相熟的艺伎小铃保持着关系，一边霸占了他人的未婚妻（麦当娜）。

正如一个谎言要用无数的谎言来遮掩一样，双重道德也会带来一连串的双重道德。"红衬衫"将麦当娜的未婚夫、英语

---

〔1〕 日本剧种之一，是一种充分发扬了散乐之滑稽要素的笑剧。
〔2〕 1890 年 10 月 30 日明治天皇颁布的教育文件，是战前日本教育政策的基本指导方针。至 1948 年失效。

老师"青南瓜"调职，被数学老师"豪猪"责问之后，又为了调走"豪猪"，任用"少爷"来填补空缺。

但是，"少爷"在谐谑和滑稽的作用下与"豪猪"合作了。"红衬衫"害怕这两个人会揭穿他的虚伪道德，便设下陷阱引诱他们与外校的学生发生冲突。这件事被报纸曝光，最后这两个人不得不提交了辞呈。

被激怒的"少爷"和"豪猪"在"红衬衫"和他的狗腿子"帮闲"要同艺伎过夜的时候把他们抓住，痛斥他们的背德，最后用铁拳和鸡蛋对他们施以惩戒。

在这样的剧情展开中，故事让这些玩弄女性、令人不快的"敌人"的言行最终曝光，也就是说，让人们对其进行道德批判的证据变得十分确凿。以此为契机，漱石将"红衬衫"的"滑稽"转化为对其的"讽刺"。这样一来，滑稽之中存在的双重意义被消解了，语言的"深层""用心"以及不道德的行为等内容水落石出。这种多重意义的消除和单一意义的确定就是讽刺。

第四，漱石之讽刺，其方法的特色在于从滑稽到讽刺的转化是接连出现的，最后，漱石会把出人意料的转折（正邪的逆转）呈现给读者，从而让悬念（suspense）一下得到缓冲，让读者得到戏剧性的宣泄（katharsis）。这正是读者阅读的酣畅之处。滑稽带来了讽刺，而讽刺带来了戏剧性的宣泄。

以上的分析阐明了《少爷》一书的结构：在讽刺性的寓言

中将劝善惩恶的故事作为一种"戏中戏"（mise-en-abyme）包含在内。

由于对戏中戏的误读而得出作品"孩子气"的观点本身才是真正的"孩子气"吧。实际上，劝善惩恶的故事是被一层讽刺故事所包裹着的。

在鲁庵、独步、四迷之后

我们讨论了《少爷》是一部政治讽刺小说，那么漱石最初真的是想要写这样一部作品吗？这就要从文学创作要有的外因和内因相互作用来看。

确实，当时的政治状况、社会状况逼得漱石不得不写下了这部作品。这就是写作《少爷》的"社会性动机"。

但是在漱石的心中，是否也酝酿着某种足以让他甘冒被查禁的风险（或者说是为了避免被查禁费尽了心机）而下决心进行创作的"文学性动机"呢？

《大日本帝国宪法》第二十九条规定，"日本国臣民在法律所许可的范围内享有言论、创作、出版、集会以及结社的自由"。但说到底这种言论自由是被限制在法律许可的范围之内的。在明治二十年（一八八七）先于宪法颁布的《出版条例》就根据天皇敕令进行了修改。其中的第十六条"若文书图画在出版时被认为妨害治安或扰乱社会风俗，内务大臣有权下令禁止其销售贩卖并收缴其刻板印本"。这一条提前缚住了人们的手脚。所以，所谓言论自由不过是有名无实而已。

明治二十六年颁布的《帝国议会协赞出版法》取代了《出版条例》，但其中第十九条也规定了与之相似的内容。在天皇统治权高于一切的明治宪法中亦不例外，所谓的言论自由破绽百出，内务大臣一句话就能够对言论实行查禁。

而且我们不能忘记的是，这两部法律都是山县有朋（《出版条例》颁布时其任内务大臣、《出版法》颁布时其任司法大臣）为了阻止民众的声音而推行的。

当时，仅仅是对政治家的言行进行讽刺就会遭到查禁。一个例子就是提倡写作社会小说的内田鲁庵（一八六八——一九二九）在《文艺俱乐部》明治三十四年一月号上发表的作品《破垣》。这是发生于《少爷》发表五年之前的事件。

《破垣》后来又被收录在岩波文库《社会百面相·上下》（一九五四）一书中，是一部在文库本里仅占二十九页的短篇小说。小说讲的是男爵家中的一位年轻女佣（阿京）在遭到男爵的毒手之前遇到了一位教师，并在他的帮助下逃跑的故事。这是故事的大致梗概，但其中有一段插曲：男爵和老伯爵还有铁道公司的大股东三人一边喝酒，一边迎合着男爵调戏包括阿京在内的女性。当时正是在大股东为了宣扬道德而举办的园游会上。

鲁庵通过这种对比控诉了这三名显贵绅士的不道德。

在遭到查禁的三天后，鲁庵写了一篇长达十三页的反驳文章——《有关〈破垣〉停止发行一事告当局及民众》。这篇文章发表在了以讽刺政治为特色的《二六新报》上。在文章中，鲁庵反复申明，小说中没有任何一行内容属于涉及扰乱风俗的猥亵书写。而且小说中那三名绅士并没有名字，所以也不会被控诉侵犯名誉权。但即便如此，小说还是遭到了查禁的处分。

男爵还有同他谈笑风生的老伯爵这对组合（他们都十分好色）实际上是有所特指的。老伯爵就是伊藤博文，男爵就是伊藤的女婿、内务大臣末松谦澄。舆论也都认为这个组合所影射的一定是这两个人。伊藤的绯闻就不用举例来说了。而末松，明治三十一年八月二十三日的《万朝报》报道，他经常与小妾浅井惠在桧物町的春之屋幽会。鲁庵大概就是想要将讽刺的对象暗示给读者，让大家把这篇小说看作社会小说吧。

当然把小说中的男爵同末松直接联系在一起，从做法上说是有些勉强，或者说这种联系是很不恰当的。但末松甫任内务大臣，便开始鼓励内务省的官员积极进行言论查禁。这就是赤裸裸的滥用权力。

而且，究竟什么行为能算作"扰乱风俗"呢？实际上并不存在一个明确的标准。可能正因如此，有些对讽刺对象的揭露比《破垣》还厉害的作品反而没有被问罪。这种例子也有不少。

国木田独步[1]（一八七一——一九○八）生活困窘，明治三十四年十一月到次年一月这段时间，他曾在西园寺公望在骏河台的府邸当食客。那段时间他和那所宅邸的警卫交情不错，并为这位警卫写了一篇文章，就是名为《巡查》的短篇小说（在文库本里只有九页）。同年二月发表，算起来是《少爷》问世的四年之前。

小说中有一段巡查朗诵自己的汉诗作品《权门所见》（意思是在当权者家中之所见）的情节。其中第三句说"妻妾不知遭人骂"，讽刺的是世人都把"西园寺的小妾们"当成骂人的话，而她们自己却不知道。后面的第四句"丑郎满面带风尘"则是对（负责在外巡查的）自己其貌不扬、胡须上满是尘土的自嘲。

按照前面《破垣》的标准，独步的《巡查》被查禁也是自然的事情。不过西园寺虽然曾任伊藤博文内阁的文相和外相，但在这篇作品发表的时候已经卸任了。于是独步便幸免于难。所以在当时，这些问题完全是按照内务省的意向肆意处理的。

在镰仓生活了一年之后，独步担任了以照片和插画为主要内容的画报杂志《东洋画报》（明治三十六年三月十日创刊）的编辑。这本杂志意外地畅销，后来又改版为《近事画报》，还推出了将对象读者从妇女扩大到少年、少女的姊妹版。日俄战争

---

〔1〕 国木田独步，日本小说家，诗人。

爆发后还发行过临时增刊《战时画报》。一月三期，单本最大发行量达五万册，平均下来每个月能卖出十万册。

担任编辑的独步至今仍为人所称道的贡献是他曾创立了现在仍在发行的《妇人画报》，还有颇有史料价值的《东京骚扰画报》——曾详细地刊载过日比谷烧打事件的情况。

明治三十八年九月五日下午，反对日俄战争媾和条件的民众在日比谷公园集会。警方拔刀令其解散，愤怒的群众便袭击了内务大臣的官邸，市内有十分之七的派出所遭到烧毁。暴乱中有十七人死亡。当晚十一点敕令发布，下令戒严并停止报刊发行。戒严令持续了近三个月，全日本有三十九家报刊被停。

比如《东京朝日新闻》就不得不停刊了整整十五天。禁止发行的理由是："登载了有教唆暴动、煽动犯罪之虞的内容。"实际上，即便没有教唆煽动，只要内务省认为"莫须有"，就可以采取任何"预防措施"。执法并不依据现有的出版法而是根据紧急敕令，当时桂内阁的不安可见一斑。

在诸家报刊万马齐喑的九月十八日，《东京骚扰画报》刊行了。对于渴于阅读的读者们来说，这种运用多幅照片和插画的生动的信息传达方式极有吸引力。于是刊物大卖。

插画的解说中有像"在日比谷公园正门，为争夺国旗，警方与民众发生格斗（五日下午一时）"这样站在警方立场上的

说明文字，这应该是为了避免被查封而采取的办法。但大多数读者却都采用了"为了夺回国旗，民众同警方发生格斗"这样立场相反的理解方式。插画所用的也是民众正面站立、警察背对读者的绘图视角。

很难想象，这本刊物居然没有遭到查禁。独步用这种后退一步的方式让它幸免于难。这恐怕是得益于独步转型成为作家之前曾当过政治记者的经历赋予他的直觉和慎重吧。

另一边，《东京朝日新闻》恢复发行两周后的十月五日，刊登了一篇无署名的文章《一个人的事》。

实际上这篇文章的作者是报社社员二叶亭四迷（一八六四——一九〇九）。文章以桂首相口吻的独白为主体，放言说："只要戒严令不终止，我就能控制报刊和议会，如今已经不必顾忌老迈的伊藤和山县了，天下皆在我掌中。我唯一怕的人就只有我的爱妾阿鲤。"

在字里行间的讽刺中，写到了诸如钻宪法和法律的"空子"、对议员使用"老办法"（收买）以及为了削弱元老的影响力而将其"置之高阁"等内容，包含了明治时代寡头政治的各种面相。四迷观察和分析之敏锐令人震惊。

即便如此，该报仍然逃过了被查禁的命运。因为如果真的将之查禁，那无疑就意味着当局承认了其中的内容是属实的。四迷这种无畏的做法反倒得以奏功了。

以上种种为漱石创作政治讽刺小说创造了良好的条件。确实，漱石在执笔之前的几年就已经确定这部小说要将那些政治中心人物极力掩盖的道德糜烂作为题材。但如果仅仅认为漱石不过是顺势而为，那么其创作动机就只能全部归因于外界因素了。然而，在外因之上还有内因，也就是说，身为作家的漱石要用怎样的结构和文体来书写怎样的背景和人物——这种独一无二的文学因素是不可或缺的。

无论是怎样的场合，作家都该如此，更何况题材关乎日俄战争。漱石曾发表过赞美日俄战争的新体诗《从军行》的"前科"，所以他心中有愧，一定要写下一部足以挽回自己名誉的有力作品。这也是其中不可或缺的文学因素。

有关这一点，漱石似乎没有给我们留下明确的证据。但是我们仍然能够找到一些暗示性的微妙表现。在给弟子中川芳太郎和森田草平的信件最后，漱石并没有写有关信中之事的附文，而是很突兀地写下了抒发感想的内容。

在明治三十八年七月十五日给中川的信中，漱石说："虽然我想写一个能够超越《哈姆雷特》的剧本，一鸣惊人一下。不过无论我写下多好的作品，大家也不会惊讶了吧。所以就作罢了。"

次年十二月八日给森田的信里他也写了相似的内容："本想写下一部超过《哈姆雷特》的杰作震撼世间鼠辈，不过年末繁忙，加上现在的读者无论看到怎样的杰作都不会觉得惊讶，我觉得努力也没用，所以就算了吧。"

这就说明，"想写一部超越《哈姆雷特》的杰作但不会被读者理解"这样的念头从执笔写作《少爷》的八个月之前到六个月之后，至少在漱石的脑海中徘徊了一年以上。这两位收信人都专攻英国文学，曾在课堂上亲耳听到漱石对《哈姆雷特》的看法。所以在诸位学生中，漱石只向他们倾诉衷肠。

《哈姆雷特》讲的是哈姆雷特装疯查明了叔父、母亲等人的恶行，最后为父亲报仇的故事。可以想象，漱石为了揭露山县等政客的恶行，想要仿效心目中的最高杰作《哈姆雷特》进行创作。但时代不同了，自己的作品中当然不能用刺杀解决问题。所以他一直在暗中思忖应该如何写这个故事。

桂与西园寺一度交替执政，明治三十九年三月初，政权又被交到西园寺手中。这就代表着践踏政党政治的寡头制的继续存在已成定局。漱石仿佛被压抑到了极点而终于爆发一样文思泉涌。

虽然像痛苦的哈姆雷特一样，却不能再用装疯的手段，也不能用剑和刺杀。这就是说，只能像那位生性鲁莽的"少爷"一样，通过滑稽和讽刺，通过让读者大笑的方式将"恶"埋葬。漱石大概是灵机一动，终于想到了用这种"戏仿"的形式构思这部小说吧。

他大概是想用喜剧而不是悲剧的形式去超越《哈姆雷特》吧。

漱石想要对两位弟子表达的是"我只是说想超越《哈姆雷特》（或者说已经超越了），但你们能够理解其中那有的放矢的讽刺吗？"这个意思吧。他可能是想委婉地表达自己的担心并询问身边之人的看法。

漱石在五高[1]和东大都开过《哈姆雷特》的评释课。《我是猫》中的猫也讲过"从胯下倒着看'天桥立'才别有意趣。假如莎士比亚过了千年万年还是那个莎士比亚，那就太无趣了。要是没人偶尔从胯下倒着看看《哈姆雷特》然后否定它，文学就不会进步了"这样的话。

---

〔1〕 第五高等学校（高中）的略称。

　　将漱石的内在动因与其他因素综合考虑来审视《少爷》这部作品，就能发现其中的三重结构：其中心是使用日本传统的曲艺方法讲述劝善惩恶的故事；其外围是戏仿西欧流浪汉小说的政治讽刺小说；最外部则是对压抑的复仇剧《哈姆雷特》的戏仿。

　　最外部的戏仿的意义在于，他必须要在"劝善惩恶"和"政治讽刺"之外加上一层东西。

　　在《哈姆雷特》的终幕，哈姆雷特与友人霍雷肖约定，让其将自己的"大义"（原著中是 cause，意指复仇的正义以及道德的重建）转告给下一任丹麦王福丁布拉斯。在这里，观众就能品出这出戏剧在复仇剧之上，还是表达期待新的市民道德代替旧的骑士道德的一出道德剧。

　　如果《少爷》就是对《哈姆雷特》的戏仿，那么一直支持着"少爷"的阿清就是相当于霍雷肖或福丁布拉斯的角色。

"早晚会亡国"

　　《少爷》发表两年半之后的明治四十一年（一九〇八），漱石开始在《朝日新闻》连载《三四郎》。小说中，主人公三四郎在去东京的车上遇到了一个男子（其实是广田老师）。二人有如下对话：

"——你第一次去东京，还没见过富士山吧。等会儿你要好好观赏一下。这可是日本首屈一指的风景啊。日本除了它之外再没有值得夸耀的东西了。不过这富士山是自然造化而成的，自古就有，可不是我们造出来的东西啊。"这人笑着说。三四郎没想到日俄战争之后还能遇到说这种话的人。好像不是个日本人一样。

"不过，日本不也在慢慢发展嘛。"三四郎分辩道。

这人听了，一副平静的样子，说："早晚会亡国。"——要是在熊本有人这么说，一定会被别人揍，没准儿还会被当成卖国贼。

三十七年后的一九四五年，日本战败，"早晚会亡国"一语成谶。虽然漱石不是想做什么预言，但他却出人意料地做出了那些政治评论家和政治学者都没能做到的先见。这是文学之力，准确地说是漱石向往的文学形态带给他的洞察力。

不能误解的是，漱石不是那种习惯于让小说中的人物进行大段独白借以表达自身观点的作家。他会想象一个有着小说人物那样感想和主张的人物存在，也会想象一个与之对答的其他人物。漱石正是凭借这种"印象、观念和情绪"——就是《文学论》中定义的"F+f"——来写作。说到底，这些内容都是归想象中的人物所有的。

　　具体来说，"早晚会亡国"这句话就是漱石交予以三四郎为代表的、在当时尚未成熟的知识分子的一个反省（simulate）的命题：你们对国民的未来究竟考虑到了怎样的程度？这些人的回答决定了国家是走向繁荣还是走向灭亡。正因如此，漱石抛给他们的并非一时兴起的问题，那一定是他认为应该反复探讨的核心命题。

　　漱石正是在《少爷》一书中为这个核心问题做好了准备。"早晚会亡国"这个命题需要三个必要条件。

　　第一是收买议员；第二是政敌因腐败而落马；第三是把政敌放在闲职上将其架空。让宪法之中全是漏洞，越是重要的政策就越要用他人无法抗命的敕令形式发布。只有财政问题，为了让纳税人容易认可，会交由议会商议。但即便如此，这类问题也会按照元老以及为其效忠的军人和官僚的意思来处理，他们通过收买等三种手段让议员们无法反对。

　　这种无法无天的状况一直持续了十年，防止权力无限膨胀的势力和制度都已经没有了，那么亡国也是理所当然的事情。漱石就是如此思虑的。在被推测是写于《少爷》执笔时期的笔记《明治三十九年　断片三十五B》的末尾，我们能看到相关的证据。

　　四十年间弹指一挥。不想所谓"元勋"如今已经成为虫豸一般微不足道之物了。明治之事业自此步入正轨。如今真乃侥幸之世，亦是准备之时。倘若有真正的伟人、有可以称之为明治之英雄一类的人物，如今才是他们出人头地之时。那些将这四十年视为维新大业已成，自视为功臣、模范云云的人，不过是蠢笨、自恋又发疯的病人而已。迄今四十年之内，并没有一个能够称为模范的人。吾人认为，那些装出一副模范样的才真正是微不足道之人。

漱石仿佛用望远镜去回看一般，尝试将那四十年如电影胶片一样快放了一遍。如此一来，明治时代的元老也不过成了"虫豸"一样渺小的东西，明治时代的四十年也不过一瞬而已。用同样的视角去展望未来，那么四十年后的光景便也立时呈现在漱石眼前了。

政治若只是像明治时代的寡头政治一样，并不存在诸势力之间的相互角逐——朝着这个方向去发展，中途又没有变革，只是一味地恶化下去——那么它的末日就会加速到来，"国家灭亡"这个结局也会意外地提前来临。

漱石这种对历史的认识方式得益于他并非一个艺术至上主义者。人与人、道德与道德之间的关系，将之总括起来就是社会、是经济、是政治，也是时代之精神，这一"集体意识"正是文学的内容——漱石在《文学论》的开头部分就详细地讲述了这一观点。漱石应用这个观点来写作的作品之一就是《少爷》，所以从其中能够预想到国家的未来也是自然而然的事情了。

让日本近代史朝着亡国前进的决定性契机凝结在了最常被人反复赏读玩味的小说之中。这件事就值得日本文学史去大书特书一番吧。

"早晚会亡国"所需要的三个必要条件亦分别对应着暗号、登场人物的行动以及政治事件。在《少爷》的故事展开中，它们都被一一具体呈现出来了。于是读者们便可以猜想到："狸猫""帮闲"和"红衬衫"分别影射的是山县、桂和西园寺。

"红衬衫"就是表现第一个条件"收买议员"的暗号。而属于它的"登场人物的行动"指的是小说中"红衬衫"为了拉拢"少爷"而许诺给他加薪（收买）。其对应的政治事件——虽然当时收买议员的行为相当普遍、数不胜数——最为明显的例子就是在第二次山县内阁时举行的第七次众议院选举（明治三十五年八月）。可能当时漱石还不知道贿选涉及的金额，但根据《原敬日记》的记录，山县曾从宫内省挪用了总计九十八万元进行贿选。

第二个条件是"政敌因腐败而落马"，其暗号同样在于"红衬衫"。在小说中，其对应的"登场人物的行动"则是"少爷"

被"红衬衫"设计陷害卷入了学生打架事件中，随后被新闻报道，他不得不提出辞呈。相应的政治事件是：曾参加立宪政友会、在最早被大力宣传为政党内阁的第四次伊藤博文内阁（明治三十三年十月十九日成立）中担任递信相的星亨，在任仅两个月便辞了职。后来他在东京市议会贪污事件中被媒体抨击，后遭暗杀。将他有贪污嫌疑的情报公之于媒体的那些人，其背后的支持者正是嫌恶政党政治并清除政党的山县有朋。这是尽人皆知的事。

第三个条件"把政敌放在闲职上将其架空"的暗号仍是暗中密谋的"红衬衫"，其行动就是将英语老师"青南瓜"放逐到九州去。对应的政治事件是明治三十六年（一九〇三）七月十三日伊藤博文就任枢密院议长。表面上是天皇授意伊藤辞去立宪政友会总裁，但实际上这也是意欲削弱政党力量的山县的计谋。

在伊藤被架空的两个半月之前，山县与他的追随者桂、小村寿太郎（外相）曾在无邻庵同伊藤商谈过对俄方针。因为伊藤持外交手段优先的态度，故此主张对俄强硬的山县便开始考虑除掉伊藤了吧。如今回看那段历史，我们才能看清这一点。

在《少爷》的后半段，"狸猫"山县便鲜有出场了，这是黑幕使然。但他的权势已经无处不在了。比如在为"青南瓜"送别的宴会上，漱石就特地添笔写下了"松"这个暗号作为其隐喻：

> 这个房间有五十叠[1]大小，相当宽敞。我以前在山城屋住的那个十五叠的房间完全不能与之相提并论。用尺量的话，房间得有二间那么长。右边是个绘有红色图样的濑户花瓶，里面插着一枝大松枝。我不知道插松枝代表什么意思，不过这东西过几个月也不必担心它凋谢，还省钱。也挺好。

以上几个对应的政治事件都不是笔者特地找来强行安上的，只要是曾经浏览过当时报纸的人都能对此心领神会。当我们将"狸猫""红衬衫"和"帮闲"这三个形象同山县、西园寺和桂联系在一起时，那么自然就能明白《少爷》原本的主题：对明治寡头政治的正面政治讽刺。

漱石将中央政府的内幕与地方学校的人事斗争相联结，并将之一同进行逼真的戏剧化。通过这一点，我们就能联想到当时的日本——全国的各个角落、从上到下，所有的组织机会都充斥着这种野蛮的、反法治的体制了。

倘若对这些情况进行分别描写大概也难以达到如此的效果

---

[1] 日本建筑尺度的重要单位，1叠约为180厘米×90厘米。

吧。可以说漱石的方法是一石三鸟了。

虽然它是一个劝善惩恶的故事，但如果我们反复阅读，头脑里便会渐渐领会到漱石对政治的讽刺。运用开篇部分介绍的大冈升平的阅读方法，就能达到这个效果。

不过，当时社会迟迟没有厘清"究竟何为立宪政治"这个问题。遗憾的是，当时的人们都没能直观地注意到那"三个必要条件"的不道德的严重性。

于是漱石捕捉到了第四个条件：元老们纳妾。在这件事上，他们的双重道德路人皆知，大家都会因之对其进行指责。漱石极为敏锐地察觉到，政治上的不道德与男女关系上的不道德正是互通的。

在《少爷》的故事中，"红衬衫"引诱了"青南瓜"的未婚妻"麦当娜"，还暗地里鄙薄、歧视和艺伎一同过夜的女性——要强调的是，其根源就在明治时代寡头政治的元老和普通国民的政治权利的不平等——同时还描写了和他一起的"帮闲"的言行举止。

对于这些行为，"豪猪"和"少爷"说"天理不容"，用拳头惩罚了他们。"少爷"把揣在兜里的鸡蛋砸在了"帮闲"的脸上。读到这一场面（F）的读者就会产生笑怒交加的强烈情感（f）。

"帮闲"影射着桂、"狸猫"影射着山县、"红衬衫"影射西园寺——似乎鸡蛋都砸在了他们的脸上。就这样，这部劝善惩恶、讽刺政治的小说迎来了它的大团圆结局。

为了抗议而扔鸡蛋的行为，在英语里面叫作 Egging。这个词的出处就在漱石十分喜欢的乔治·爱略特（一八一九——八八〇）的长篇小说《米德尔马契》的第五十一章之中。

参举人布鲁克先生在街头演讲的时候，政敌的支持者曾朝他的等身模拟像投掷鸡蛋。看他胆怯了，又把鸡蛋朝他本人砸过去。

将讽刺对象与讽刺行为分开表达，采用这种形式进行写作也是审时度势的选择。漱石首创的这种小说结构——为了避免遭到查禁而将小说与真正的讽刺对象分离开来，这种双线书写很可能是受到了《米德尔马契》中 Egging 的启发。

但令人遗憾的是，直到《少爷》发表半年后，漱石也没能遇到他期待的读者——能够将这部作品视为劝善惩恶故事、政治讽刺小说以及《哈姆雷特》之戏仿的叠加而深入阅读这三层内容的人。即使是他的门下弟子，在一开始也没能察觉到这一点。

漱石在明治三十九年十一月十一日给高滨虚子的信中写道："……我本想用十年计划（在伦敦的构想，后述）击溃敌人，不过近来发现这件事急躁不来，便将它改成百年计划了。百年计划的话，我想是没问题的，它不会输给任何人。"

几天后的十一月十七日，他在给松根东洋城的信里也表达了类似的想法："……总之我有个百年计划。最近大家老看到漱石先生说别人的坏话。我十分愉快。让那些坏家伙立刻认输就更快乐了。"

那之后已经过去百年了，漱石依然期待着他的理想读者吧。难过的是我们已经无法将自己阅读《少爷》的方法报告给他本人了。如果总是使用肤浅、单调的读法是无法让阅读深入下去的。

这是为何呢？我们必须要深刻反省这一点。是因为时代背景逐渐变得黯淡了吗？虽然物质上的背景变了，但精神层面的背景却是没有变的。

如今人们虽然对明治时代的寡头政治代表的非立宪主义的卷土重来表示担忧，但无论是政治还是文学的批判空间都变得越发狭窄，另一方面又被时代局限的盲区所干扰，与之对抗的力量便难有作为了。

将《少爷》作为讽刺小说来阅读，这正是漱石的遗愿。实际上，这也是他的政治遗言。

第二章　明治时代的智识"连环"

七十五分与八十五分的答卷

所谓"英雄少时必不凡",这句话用来形容漱石是否贴切呢?我们倒未必能断言幼时的他有多么"不凡",但我们确实能在少年漱石身上窥见一些日后的端倪。

明治二十三年(一八九〇)九月,漱石进入帝国大学文科大学[1]的英文科学习。这时正是《教育敕语》发布前夕,明治政府的文教政策还没有走下坡路。由于转校和落第,此时的漱石已经二十三岁了,从年龄上说他是偏大的。

他是个极度认真的人。在当时的文科大学里,"哲学入门"是必修课。次年四月,漱石在这门课的期末考试中得了七十五分。这个成绩有可能会让他失去公费生的待遇。在下一年三月的考试中,漱石与同学研究的应试方法奏效了,他考到了

---

〔1〕 1886 年,东京大学改组为帝国大学,设法、医、工、文、理五个分科。其文学部即"文科大学",1919 年改称东京帝国大学文学部。

八十五分，总算保住了自己的体面。

那时，文科大学聘用的外籍教师路德维希·布塞（Ludwig Busse，一八六二——一九〇七）并不用德语教学，而是使用英语，所以在考试中学生也要用英语作答。漱石死后，这份答卷在他书房的柜子中被发现了。同时发现的还有英语、德语、数学、物理等科目的答卷。

这些答卷现藏于日本东北大学的"漱石文库"，网络上能够看到它们的照片。虽然不少用铅笔写的地方都模糊了，有很多难以辨认之处，但那些十分用力、胸有成竹写下的部分都能辨认出来。

最初，鉴于漱石的名声，人们在提到他答卷中的过人之处时往往都会提到条理结构清晰这一点。答卷的大标题用阿拉伯数字表示，小标题用英文字母表示，写得十分有条理。这种树状结构能够让人一眼看出答案的主旨。虽然这可能是指导老师的要求，但从这一点确实能够看出漱石的逻辑思维能力。

但讽刺的是，这种清晰结构也让答卷中的一些不成熟的论点更加醒目了。人们很容易就能发现答卷中的减分项。

从答卷的内容来推测，一年级考试的题目可能是类似"论述哲学的体系"这样的问题。

漱石答卷的大标题是：（1）实在的三要素；（2）其相互关

系；（3）构成世界之事物的有关概念；（4）意识的一体性；（5）功利主义的伦理；等等。

在（3）的部分，漱石写下了"由于物体 A 与 B 必然是精神的（spiritual），同时由于无法与之接触，亦不能使其力外流，因此，远隔受力（非局域相互作用）是不可能的"等让人莫名其妙的内容。

漱石的原意可能是想展开论述精神同自然实体相对抗的观点，但他并没有将自己的想法表达充分。

这段话的下面有红笔画的线，还有标注"应注意，这不属于外部作用"。先不管这条评语是否正确，但这个地方的论述的确让漱石丢掉了整整二十五分。

另一段让人注意的是（4）中的内容。漱石在这个部分写道：

> 如果我们不承认意识的一体性，那么我们便无法对呈现在我们眼中的事物进行说明。无论是作为单数还是复数存在，呈现在我们眼中的实存，或者说它的呈现，本身就意味着意识的一体性。我们能够将他者的感觉（sensation）作为一种不具主体性之物或是与我们自身主体不同之物进行讲述。但我们会将自身的感觉视为他人不具备之物或是不同时间、不同的人无法具备之物，因

而无法描述它。对于我们自身来说，这种感觉必须要以从属于同一自我的形式而呈现。这正是我们所谓的意识的一体性。

虽然这一论述不甚明晰，但此时漱石这种对意识的强调同后来他的《文学论》以及他对以自我为主题的四种小说的论述相互关联。这一点值得注意。授课老师布塞师从洛采[1]一派，继承黑格尔的学说，主张客体（外界）与主体（自身）作为一体存在于意识之中。漱石亦接受了这一学说。

明治二十五年（一八九二）三月十八日，二年级的漱石参加了哲学史考试。与前一年一样，他又在答卷上写下了一些含糊而不甚准确的内容。

从答卷看，这次的题目应该是"论述希腊哲学"。漱石的答案包含以下内容：

（1）苏格拉底与智者派的体系；（2）柏拉图的二元论（形式与质料）；（3）柏拉图的道德观（人生的目的在于道德的完成）；（4）亚里士多德的国家观；（5）斯多葛派哲学概述；（6）柏拉图主义哲学概要。

这次的答卷显得精明了不少。漱石从柏拉图的道德论谈到

---

[1] 赫尔曼·洛采（Hermann Lotze，1817—1881），德国心理学家、哲学家。

亚里士多德的政治学，并对亚里士多德宏大的灵魂论等体系进行解读。这让他避免了许多论述上的困难，相当明智。答卷上没有红笔批注，得了八十五分。

在论述斯多葛学派时，漱石将重点放在了古罗马时代的爱比克泰德身上。他写道：

> 一切事物都在力（即命运）的统御之下，因而试图逃避灾厄的想法是愚蠢的。我们只能平静地去接受。这正是斯多葛学派道德的受动性的一面。而其积极的一面则表现在：主张我们应该克制世俗之乐，服从于理性——它是人的高贵能力，是一种纯粹的智识。

《我是猫》中的苦沙弥先生读爱比克泰德的书，读了一会儿就把它丢到一边去了。而晚年的漱石也抱持着同斯多葛派的生活态度相似的道德信条。他人生所经历的诸种哲学，正是从大学时代的哲学课开始的。

变成“留声机”的学生

漱石只比教哲学的布塞老师小五岁，比负责教英国文学的老师奥古斯都·伍德（Augustus Wood，一八五七——一九一二）

小十岁。虽然这些人年长数岁，但在漱石他们这些血气方刚的学生看来，这些老师也不过是半吊子而已。

漱石一年级时，第一次参加考试的前一天，他给正冈子规[1]写了封信。上面说："团十郎的假面哟，这可不是头一回将人变成陈腐之人之呓语的留声机了。"

中间那个感叹词"哟"（otto）让人联想到德语人名"奥特"——影射授课老师布塞。漱石用歌舞伎演员市川团十郎暗喻布塞。他似乎觉得这种比喻很恰当，于是半玩笑半嘲讽地说自己被布塞蒙骗了，并准备在试卷上写下那些虽然莫名其妙但符合其要求的答案。那些在学生中能够直白地讲出又不能让老师看到的议论大抵就是这样的吧。

他们当时用的是什么教科书或参考书呢？漱石并没有提到过这些。

实际上布塞的讲义（虎之卷）是留存下来了的。就笔者所见，他的讲义包括逻辑学、伦理学、美学、哲学史、哲学入门五种，曾以私印本（活版印刷）的形式发行。

身为学生的漱石自比"留声机"而收敛锋芒也是正常的。在日本东北大学"漱石文库"中所藏的用钢笔书写的漱石笔记中，就记有布塞《哲学入门》（与后面提到的《哲学史》均藏

---

[1] 正冈子规（1867—1902），日本明治时代诗人、学者。

于早稻田大学图书馆）的要点。

而且，"漱石文库"中所藏的《作者不明之西洋哲学史断片》与布塞《哲学史》第 145 页到第 176 页的内容完全一致。漱石可能觉得只有这一段值得自己日后参考，于是将其剪下来保存了。漱石手中也有"虎之卷"，应该是买来的。

布塞不太受学生喜欢，似乎心绪不佳，于是在明治二十五年十一月回到德国。这似乎正中学生们的下怀，与漱石关系不错的同学米山保三郎（一八六九——一八九七）在次月刊行的《哲学杂志》上毫不顾忌地写下了这样的内容：

> ……他是个唯灵论者。说明任何事都要从万事万物的起源讲起，故此吾辈常觉其人固执无趣。而且他又写下自己讲义之要点分发给众人，要吾辈按其内容复习，但其中颇有前后相左之处。他还从其他书中引述这样那样的内容作为补充章节，如此一来更添难懂之处。其人确实稍欠精确。

确实难以否认这位老师水平有所欠缺。但是由于学生外语能力不足，难以用英语或德语对外籍教师进行质疑，因此只能变成"留声机"了。

那么，漱石专攻的英国文学的情况又如何呢？也是大同小异。二年级之前学生们都要使用詹姆斯·梅因·狄克逊（James Main Dixon）的讲义，但其中并没有漱石所期待的内容。后来，漱石这么说：

> 我们常被要求在老师面前朗诵诗歌或散文。写作文时如果漏写了冠词就会被骂，发音有问题也会遭到训斥。考试的题目全都是"华兹华斯的生卒年""莎士比亚出版过几种对开本"以及"将司各特的作品按照年代顺序排列"之类。虽然你们年轻，但也能想到吧，难道这些问题真的算是英国文学吗？先把"英国"放在一边，只考虑"文学"，靠这些问题怎么可能理解什么是文学呢？那通过自学能够理解文学吗？那也是徒劳无功的。跑去图书馆里，找遍了各个角落也不会找到什么线索。我想，问题不是仅仅出在学习能力的欠缺之上，更是由于相关书籍的缺乏。总之我学了三年也没搞明白文学是什么，就这么毕业了。所以我的苦恼首先是植根于此的。
>
> （演讲《我的个人主义》大正三年十一月二十五日）

孤立无援的漱石只能通过对作品的熟读和思考去摸索属于自己的文学研究方法。

此时给予漱石帮助的，是新西兰人 H. M. 波斯奈特

（Hutcheson Macaulay Posnett）所著的《比较文学》（*Comparative Literature*，一八八六）一书。这是一部文学论著，大学一年级的那年五月，漱石买了这本书（现藏于日本东北大学"漱石文库"）。这应该是他的第一本英文书。

我们可以从漱石在书中画的线推测他买这本书的目的。第一，这本书有不少涉及"文学定义"的内容；第二，这本书有三处提到了日本。这都可能是他买下这本书的原因。

波斯奈特以"比较文学"为题，通过对不同时代的情况进行比较，论述了文艺与社会共同发展的过程。

书中的这个观点引起了漱石的强烈共鸣。漱石画线做标记的地方，总共有十八页（全书共三百九十二页）涉及相关的论述。

该书将文艺的发展大胆地分为"氏族文学""都市共同体文学"和"世界文学与各国文学"三个阶段。第三阶段的部分有四处画线，在"想象中的个人与集体之间的关系"的论述部分中有漱石的三处画线。

特别是最后的三处画线，就其内容来看，应该与《文学论》的核心"意识与情感"（F+f）问题有所关联。

虽然没有证据可以证明漱石在执笔写作《文学论》时曾经重读过这本书，但我们也无法否认它的观点存在于漱石意识的深层。而且漱石确实在该书的第五十六页"个人的意识"（personal consciousness）的内容下画了线。

到了三年级，新任教师奥古斯都·伍德使用的讲义是以美国的修辞学教科书为范本的。

这个人是美国比较文学学科的创始人，赴德留学时，他在海德堡大学以论文《菲尔丁对德意志文学的影响》获得博士学位。他是研究十八世纪英国小说的专家。读他的博士论文，能看到关于劳伦斯·斯特恩《特里斯川·项狄的生平与见解》[1]中独创的"跑题手法"对德意志文学的恶劣影响等问题的论述。

漱石对这个领域也十分感兴趣，所以他们应该很谈得来。但我们完全找不到相关的证据。我们只能从伍德曾经送给漱石一本论述十八世纪英国文学的英文书作为新年礼物这件事上来猜测他们的关系应该不算差。

但就算漱石曾经向伍德询问过关于东西方文学观差异的问题，想必伍德也没法回答他吧。在此之前，他大概从来没有想到，一个来自日本的青年居然会对文学的本质问题思考得如此深入吧。

当时学生和外籍教师的关系便是如此。学生们通过这些老师也可以了解如果自己出国留学的话应该研究什么。这些人在国外熟练掌握了外语之后才能开始让自己的研究成果走向世界（是否能进行速读要看一个人的口语水平到了何种程度，而是

---

〔1〕 又译《项狄传》。

否能够使用外语进行思考又取决于一个人的速读水平）。当时的情况是这样，实际上现在也是一样。

但是理科生即便不能用语言交流，也可以用公式或实验结果进行沟通。社会科学和人文科学便做不到这一点：如果无法熟练掌握留学国家的语言，那就什么都做不了。如今语言的障碍仍然妨碍着日本学术水平的提高。漱石就曾经打破过这个壁垒。

狩野亨吉的哲学学习会

漱石考入文科大学是在明治二十三年。新学年开始的九月，文科大学的学生成立了一个叫作"纪元会"的联谊会。漱石和子规都加入了。

虽然名义上是"联谊"，但这个组织成立的主要目的应该是商议哲学这个公认的棘手学科的应试策略。漱石二年级时那份八十五分的答卷无疑就是在这个联谊会讨论出来的成果。

有一张摄于明治二十四年（一八九一）六月六日的联谊会成员合照存世。为了庆祝哲学考试顺利通过，他们合影后大概又去聚餐了吧。

在前排能看到狩野亨吉（一八六五——一九四二）的身影。漱石坐在他的右手边。按这个位置来说，漱石似乎颇受狩野看重，甚至被其视为联谊会的核心成员之一。这大概是他们相互吸引的缘故。照片上的成员及其专业如下：

三年级　狩野亨吉（哲学）　大塚保治（哲学）　藤代祯辅（德语）　菅虎雄（德语）

二年级　立花铣三郎（哲学）　芳贺矢一（国文）

一年级　夏目金之助[1]（英国文学）　米山保三郎（哲学）　松本文三（哲学）　松本亦太郎（哲学）　正冈子规（哲学）　坂卷善辰（哲学）　菊池谦二郎（国文）　斋藤阿具（历史学）

同漱石私交最好的是正冈子规。二人的交情广为人知，这里就不再赘述了。在同漱石同级的学生中，对漱石的影响仅次于子规的是米山。就是他让漱石把志愿专业从建筑改成英国文学的。在《我是猫》中，他以"天然居士"的身份登场。

联谊会的会长是三年级的狩野亨吉，副会长是同为三年级的菅虎雄。后来米山在读研究生时因病去世，前去吊唁时，漱石和菅也都唯狩野马首是瞻。

漱石离开松山中学前往熊本第五高等学校就职时也曾多蒙

––––––––––––––––

[1] 夏目漱石本名。

菅的关照。菅虎雄在明治四十年（一九〇七）转赴第一高等学校就职，一直到昭和十五年（一九四〇）都在那里教德语，很受学生的爱戴。他还是一位书法家，曾受芥川龙之介之托为《罗生门》题字。菅住在镰仓，漱石去圆觉寺参禅也是他帮忙联系的。漱石一家去镰仓避暑时，他还帮忙去租了别墅。

帮漱石取得东大英文科讲师教职的是大塚保治（一八六八——一九三一），他是东大最早的美学教授。指示菅和大塚帮忙照顾漱石的人自然就是狩野亨吉。

狩野和漱石只差两岁，不过狩野考学很顺利。他在理科大学数学专业毕业之后，又考入文科大学哲学专业就读，所以被众人推举为首脑。

明治二十五年，狩野到金泽第四高等学校就职。明治二十九年，他受漱石之邀前往熊本第五高等学校。他在这两所学校教授的学科都是伦理学。狩野后来于明治三十一年担任东京第一高等学校校长。明治三十九年，他转任新设京都帝国大学文科大学校长，在任期结束前他起用了内藤湖南为历史学教授，还曾邀请漱石去担任英国文学教授。漱石拒绝了这个邀请，到东京朝日新闻社就职。

明治三十二年（一八九九）狩野在一高就职时，曾因发现江户时代思想家安藤昌益所著的《自然真营道》而闻名一时。他的父亲是个激烈的和平论者，他将父亲的著作（狩野良知重

《宇内平和策》，明治三十一年九月）译成英文，以期扩大其影响力。亨吉自己也是一个激烈的和平论者。

据说狩野由于人事问题与文部省发生了冲突，所以他在京大任职未满二年便辞职了，此后未再出任任何职务。他回到东京，住在一所位于大塚的陋居之中，靠鉴定书画和刀剑度日。他没有结婚，和姐姐一起生活。

在漱石的一生中，除了妻子镜子，最重要的人就是狩野了。

能说明这一点的就是，在漱石决定到朝日新闻社就职后，去大阪总社进行入职访问之前，漱石曾到京都拜访狩野。

漱石对狩野究竟尊敬到什么程度呢？去拜访狩野的五天前，即明治四十年三月二十三日，漱石在给野上丰一郎的信中这样写道：

> 我在京都有一位名叫狩野的友人。虽说他是我的学长，却是一位将其归为学长、教授或是博士都不合适的了不起的人物。我准备去拜望他。

对于漱石来说，狩野可以说是一位曼托（《奥德赛》中的教师、忠告者）一样的人物吧。不过他们见面具体说了些什么，两个人都没有透露。我们只能猜测。

他们应该没有聊有关文学的话题。因为狩野对小说一类的文学没什么兴趣。那么，他们聊的是有关漱石以后工作的事吗？然而这件事也已经有了结果。

所以他们聊的一定是那个漱石毕生都面对的大问题：日本将要往何处去？面对这样的社会，又应当发表什么样的作品？

在去京都五个月之前的明治三十九年十月二十三日漱石写给狩野的信中，就已经明确地涉及了这个问题。漱石在信里说：

> 依我看，这个时代就如同一个大修罗场。近来我想的就是，自己究竟是要不屈地死于敌手呢，还是要让敌人投降呢。所谓敌人就是指那些不为时代考虑，只是从自己的主义、自己的主张、自己的喜好出发的人。若是我一人孤军奋战的话，怎么都是无济于事的吧。要是没办法的话，就只能做好死于敌手的心理准备了。即便是死于敌手，如果是力竭身死的话倒也堪可慰藉。但实话实说，我自己究竟能做到怎样程度的事情，究竟能承担什么程度的事情呢？我对此并没有答案。如今我只想看看在这个动荡的时代里（只考虑自己，暂且不谈家人），自己究竟能影响多少人，自己的生命有多少是作为社会的一员而活，又有多少是为了未来的青年们而活的。

《少爷》发表于漱石去京都的前一年，那正是狩野同当局争执最激烈之时。所以所谓"敌人"是谁的问题对狩野而言也是不言自明的。因为漱石想要"为了未来的青年们而活"，所以他要写作。这正表明了他的决心。

顺带一说，虽然狩野在回忆时总是故意声称自己对漱石的作品完全没有兴趣，不过他对《少爷》的社会反响，特别是海外读者对书中体制批判的深刻解读还是十分在意的。其证据就是，在日本东北大学所藏的"狩野文库"中就有一本《少爷》的英译本（Natsume Kinnosuke, *Botchan*, tr.by Yasotaro Morri, Seibundo, 1924）。

狩野、大塚、菅、漱石——这四人是终生的好友，也是精神的同道。

黑格尔"正反合"的研究

我们至今尚未能适切地领会黑格尔辩证法的题中之义。虽然黑格尔其人故去已经两个世纪了，这个问题依旧存在。

漱石是通过小说这个具体的文学体裁去理解辩证法的。这个问题与漱石文学的核心内容密切相关。所以，我们来回溯一下，在漱石进行思辨的最初，他身边的人对辩证法究竟作何理解。

布塞的《哲学史》的开头（第四页）对此有如下解释：

> （概念的）发展的辩证法之原理，即是由意识（正题）、反意（反题）、综合（合题）三者所构成的体系。

这三项并非黑格尔的原话，而是一八三七年海因里希·查利布乌斯（Heinrich Chalybäus）为了便于阐释黑格尔的理论而想出的替代词。布塞又将之介绍给学生。米山说布塞的讲义写得七拼八凑，这可能就是他批评的一个理由。

黑格尔在其著作《逻辑学》中为概念的发展定义了三个阶段：存在（sein）、无（nichts）、变易（werden）。

其后，他又讲了 "an sich"（自在）、"für sich"（自为）、"an und für sich"（自在自为）等内容作为补充。

但黑格尔并没有对概念流变的详细演进过程以及发生流变的原因等问题进行阐述，也没有将之作为一个问题提出来。在黑格尔之前，康德更倾向于认为存在与概念是不变的。人们通常认为黑格尔的观点是一大进步，但并未深究其细节。

在较早出版的《哲学字汇》（明治十四年）中，Dialectic 一词被译为"敏辩法"，Thesis 译为"题目"，Antithesis 译为"对句"，Synthesis 译为"综合法"。

中岛力造在写于明治二十四年（一八九一）的《黑格尔氏辩证法》中又将之译为"实在、无在、无在之拒绝（对拒绝的拒绝）"。

明治二十五年，师从厄内斯特·范诺罗莎（Ernest Fenollosa）学习哲学的清泽满之最早将其译为"正反合"。

在漱石方面，米山在针对漱石《老子的哲学》一文而写的评论文章《黑格尔的辩证法与东洋哲学》（明治二十五年十一月）中则使用了"有无转化"的译法。这篇文章与中岛的情况较为相似，此时"正反合"的译法应该尚未普及。

而米山对这个问题的理解也是比较模糊的：

> 一言以蔽之即是有、无与转化。这三者分则为三，合而为一。若其一者转化为他者，则另两者亦同发俱起。

所谓"同发俱起"就是"同样发生、一起变化"的意思吧。他想用举一反三的办法去阐释这个问题，但却说得似是而非、不甚明了。

漱石这篇名为《老子的哲学》的论文写于明治二十五年六月。文中，漱石第一次提及了黑格尔的名字。米山认为，漱石虽然在文中强调了老子哲学与辩证法的异质性，但同时也应该对辩证法与东洋的表述之间的类似性予以尊重。但实际上，他们二人对此的理解是大同小异的。

狩野极少作文，在一次很偶然的情况下他曾提到了黑格尔。但文章发表的时间却是很久以后了（《历史的概念》，昭和十五年三月）。部分内容如下：

> 历来哲人们的考察，无论是宏观的还是微观的，将他们最终得到的一致的结论总结起来就是：在遍及宇宙角落的事实网中，各个事实无论大小都是相互关联而震颤着的。它们终日无静止，时刻有变化，其结果就是使这个事实网进入一个新的状态。……我们可以将其简单归纳为以上内容，但黑格尔却提出了名为辩证法的理论。他的理论排累纵横，但最后也还是殊途同归。这种理论也是一种微观视角，黑格尔试图使之具有对一切事物予以解释的力量。但与科学上的微观不同，它无法具有那种穷尽真相、做出合理预言的力量。所以对其信奉太过的人便会沦为卜筮一类了。

狩野这种明确的论断方式如同出自一位文理兼修的哲学家之口。而"事实网进入一个新的状态"这种微观式的论证与漱石后来对该问题的理解也非常接近。

明治时代的智识"连环"

从前文中"纪元会"的成员及其专业可以看到，其成员的范围被限定在了文科大学的哲学、历史、文学专业之中。虽然创立组织的目的可能是为了哲学这门公共课程的应试，但可想而知，随着成员的交往不断深入，"纪元会"便蜕变成了一个以成员们借助哲学重新审视各自的专业为主要活动的组织。

随着组织的蜕变，一些专为联谊而来的成员便相继退出了。颇受狩野青睐的正冈子规、大塚保治、夏目漱石三人留了下来。

对于漱石来说，不管"纪元会"如何变化，他都十分重视这个组织。在正式论述之前，我们先来概述一下"纪元会"成员的"处境"——明治二十年代到明治三十年代智识的情状。

西周[1]的《百学连环》（明治三年—六年）一书提出：各门学问都如同一个个环状物，有一条线将它们贯穿起来，将其组成了一个"连环"（也可以把它想象成珍珠项链），而这条在无声中贯穿它们的线就是人（精神）——这就是西欧学术正统所遵从的立场。

---

〔1〕 西周（1829—1897），日本江户后期到明治初期的哲学家、教育家、启蒙思想家。

在这样的认识之下，哲学虽然也是其中的一"环"（个别的学问），但由于哲学的目标就是讨论各个学问的成立问题，故此人们每每将哲学视为"学问之基""学问的学问"。

外籍教师范诺罗莎把黑格尔的哲学（以《小逻辑》为基础）带入了日本。这让明治二十年代后期的日本掀起了学习辩证法的风潮。漱石和大塚就身处其中（米山和子规二人早逝）。

于是漱石与大塚二人都试图对那条组成"连环"的线（人）进行研究。他们以精神为媒介，将"人"与以辩证法为理论基础的"进步（文明开化）"进行所谓的"置换"。

但是这种风气并没有持续太久。首先，明治二十年代中期以后，新康德哲学传入日本，渐渐替代了黑格尔哲学。其次，进入大正时代以后，在对社会主义倍加警惕的社会背景下，日本高中的哲学教育将修身（伦理学）与逻辑（认识论）割裂开来，这就抑制了辩证法式思辨的发展。概而言之，这两个事件很快就让漱石那样的智识类型成为非主流。

在这样的情况下，以明治时代的智识"连环"为学问基础（更准确地说是以明治二三十年代的智识"连环"为学问基础）的漱石开始在其小说中一边探讨时代中的社会，一边讨论时代精神，同时还对在这二者之间发生作用的自我问题（利己与利他）进行研究。

其创作的一个原型正是"纪元会"。当然虽说是原型，但漱石只是将其中的一些成员作为小说人物的原型，并非一成不变的摹写。他是将这些人所代表的"人的状况"即"明治时代的智识'连环'"作为小说的"原型"。漱石选择的创作主题就是包含"游民""自我""竞争""利己与利他"（未按顺序罗列）等一切内容的时代精神。

这种创作与自然主义文学（私小说这一日本独特的文学体裁）完全不同。不过，那种将漱石看作"反自然主义"的观点倒并非无稽之谈。漱石的创作是货真价实的现实主义。

第三章　在伦敦的构想

飞逝的两年

漱石收到文部省局长"不以语言为专业的文学研究亦可"的信后，在世纪之交的一九○○年（明治三十三年）十月末抵达伦敦留学。他离开伦敦回日本是在明治三十五年的十二月初。漱石在英国生活的这两年左右的时间可以分为三个阶段。

从抵英到明治三十四年八月末是第一个阶段。这段时间他接触到了英国的社会现实，又受到了同自己短暂合住的化学家池田菊苗（一八六四——一九三六）的刺激，"开始想要放弃那种幽灵一样的文学，做一些有结构的、扎实的研究"。(《时机已至——处女作追怀谈》,《文章世界》，明治四十一年九月）

第二阶段是从菊苗归国、二人作别起到明治三十五年三月中旬止。他给岳父讲了自己回国后准备写一本书的构想。

这个阶段漱石所购图书包括从自然科学到社会学、心理学等诸多学科，内容上发生了相当大的变化。

他一心追究文学与社会的关系，撰写研究笔记，并思索着文学在社会中的功用。

因此他渐渐偏离了英国文学本身。但是，在这八个月里，漱石确立了自己日后进行研究与创作的方向。这段时间可能是他一生中最为关键的阶段，换句话说就是决定他未来的阶段。

第三个阶段是最后的八个月。这段时间他学习太过用功，被神经衰弱所折磨。即便如此，他仍然坚持撰写研究笔记，具体而言，这段时间他致力于从心理学的角度去理解文学。

有句谚语说"在冷石头上一坐三年，石头就暖了"[1]，但漱石却并没有花上三年的时间。对于社会的现实、文学在社会中的功用以及从心理学角度理解文学这三项课题，他各只花了八个月的时间（也就是以那句谚语的三倍速度）便有了心得。

在回忆起这段经历的艰辛时，漱石用了"不愉快"来概括。但就思想而言，漱石在这段时期确实收获了相当多的成果。从这个角度而言，可以说是他时光飞逝的两年吧。

五次更换住所

留学的两年间，漱石曾换过五个住所。这种难以安顿的状

---

〔1〕 石の上にも三年。比喻功到自然成。

况令人吃惊。

为什么会这样呢？这是因为漱石想要在保证学习的前提下尽量节省租房的费用。他要存下钱来买书带回国。

他没有利用图书馆，不仅仅是因为想要拥有一些属于自己的资料，还因为他有在书上写字的习惯（拜这个习惯所赐，我们可以由此推测他的读书方式）。

我们大致可以推算出漱石将自己的留学经费花在了什么地方（月均情况）。其明细大体如下：

留学学费　一百五十元（每年一千八百元）

住宿费　五十三元

克雷格老师[1]的月酬　十至十二点五元（第二阶段之后这部分钱用于买书）

买书费用　五十至六十元

杂费、戏票、交通费　二十五至三十元

（出口保夫：《漱石与不愉快的伦敦》，二〇〇六年）

按牛津或剑桥的消费标准来说，漱石的这个消费水平确实

---

〔1〕威廉·詹姆斯·克雷格（William James Craig，1843—1906），英国莎士比亚研究专家，漱石在伦敦留学时的私人教授。

是有些捉襟见肘的。因为这两处每年的学费和住宿费都要花上四百到五百英镑。把漱石的留学经费换算成英镑的话每年只有一百八十镑，连消费标准的一半都不到。所以他只能蹲守伦敦。不知道派遣漱石留学的文部省到底在想些什么，这个待遇简直是不通人情。

话虽如此，不过换个方式来考虑，漱石没能去牛津剑桥倒也是一件幸事。这样一来反而让他遇到了那些值得去读的书，也使他得以潜心思考、撰写笔记。

下面罗列了漱石在伦敦的住所、月租金以及租住的日数。一英镑合二十先令。

（1）76 Gower Street	6 英镑		15 日
（2）85 Priory Road	2 英镑		24 日
（3）6 Flodden Road	1 英镑 5 先令		140 日
（4）2 Stella Road	1 英镑 5 先令		86 日
（5）81 The Chase	1 英镑 15 先令		502 日

搬家的理由也一望可知了吧。最后一个住处的租金还不到第一个住处租金的三分之一。所以漱石想要搬到房租尽可能便宜一些的地方去住。

另外，第二处住所是不提供午饭的。于是很多时候漱石只能干吃饼干充饥。吃饼干代替正餐,省下钱来买书——可以说,漱石针对日本近代所做出的最有价值的评论正是来自他对这些书籍的研读。我想我们不该忘记这个细节。

不过,可能是这种生活实在太辛苦,二十四天之后他就搬到了第三处住所。但没过多久,这家的房东被人追债,趁半夜逃走了。漱石和他一起搬到了第四处住所。这两个地方都提供一日三餐,所以他在生活上有了较大的改善。

影响房租的因素是这五个地方与伦敦中心的金融城(金融街)西端的圣保罗大教堂之间的距离和相对方位(括号内)。

1. 距离 2.5 公里(西北偏西),2. 距离 7.5 公里(西北偏西),3. 距离 4.4 公里(南),4. 距离 11.5 公里(西南偏南),5. 距离 6.4 公里(西南偏南)。1 和 2 在泰晤士河北岸,3、4、5 都在南岸。住宅地价的高低(与其说是由自然环境的差别决定,不如说是由住户阶级的差别决定的)与房租是成正比的。

最后一个住处是漱石在报纸(《每日电讯报》)上刊登了三行求租广告后,从同他联系的房主那里挑定的。广告如下:

　　要求周围安静、交通便利,位于北区、西北区、西南区等地(译文出自出口保夫前书)

随后漱石认识了房屋的女主人普莉希拉·利尔(Priscila

Leale）和她的妹妹伊莉莎·利尔（Elizabeth Leale）女士。这对姐妹继承了父母的遗产，专门出租房屋。她们出身于海峡群岛，所以也懂法语。

也就是说，漱石这次搬家的另一个原因就是，他能够听到那些有修养的中产阶级妇女讲的英语。

纾解旅愁的书店、公园和自行车

漱石把三分之一以上的留学经费用来买书，只要有机会他就要去逛一逛书店，比如去拜访克雷格老师的时候。

北岸中心的查令十字街上的许多著名书店自不必说，漱石还常去泰晤士河南岸繁华街上的一家位于大象公园附近的偏僻的旧书店。据说这家书店里有不少图鉴和解说书，尤其是解说书，漱石似乎以很低的价格收购了不少。就像用饼干代替正餐一样，这也是漱石节俭的一个表现。

结果，漱石留英约七成的时间都是在位于 The Chase 的第五个住所度过的。读书读累了，他就去附近的克来芬公园（Clapham Common）散步。有时也和池田菊苗一道去。

正如 common（公共用地）这个词所表示的，这里过去是一个公用放牧场。其面积约一平方英里（约 2.6 平方千米）。一片宽阔的草地被树林围着，上面散布着几个音乐厅。季节合适的时候，不少人会在休息日到这里野餐，十分热闹（近来因为同性恋者常去集会而闻名）。

在英国的第二年秋天，漱石的神经衰弱渐渐加重。在室友的建议下他开始学骑自行车。他应该是选择了车辆行人较少、路面宽阔的薰衣草山（Lavender Hill）的大路和克来芬公园的广场进行练习。这时候的自行车胎已经使用橡胶制了，所以骑上去的感觉还不错。

当时要参观美术馆的话必须提前预约讲解员。从明治三十四年五月起，漱石订购了美术月刊 *STUDIO*，以此代替去美术馆参观。这也贯彻了他"节约和收集资料"的原则。

漱石只去听过一次音乐会，但他常去剧场看戏。他常看的古典剧有莎士比亚的《第十二夜》和谢里丹（Sheridam）的《造谣学校》。他也看默剧，还看一些像宝冢歌剧一样舞台绚丽的歌舞秀。他的目的就是要了解欧洲戏剧的概况。

欣赏戏剧也是为了学习。漱石在给妻子的信中曾这样解释。据推测，当时的戏票一次要二日元（出自出口保夫前书）。

伦敦社会阶层的缩影

漱石曾在本乡到上野或神田之间往来散步。对他来说走路不算什么辛苦的事情。虽然仅有一处记录，但漱石确实曾写下他信步所之、耳闻目睹的贫困伦敦市民的生活情景。

> 经过一条污秽的街道。一个盲人在弹奏风琴，另一个黑皮肤的意大利人在拉小提琴。旁边，一个四岁左右、穿着红衣服、戴着红头巾的女孩子随着音乐起舞。
>
> 公园里盛开的郁金香很美。而旁边的长椅上，一个很脏的乞丐在睡觉。真是明显的 contrast（对比）[1] 啊。
>
> （《日记》，明治三十四年三月十四日）

> 烤栗子的 / 意大利人 / 在路旁 [2]（同上，十一月三日）

前一段不需要做解释了。后一段是一首俳句，在此稍作说明。在当时，全英国，加上爱尔兰、南欧以及东欧的人都会跑到伦敦找工作。那些找不到工作的人就只能靠在路边摆地摊度日。不仅是英国，全欧洲都陷入了贫富差距过大的困境。漱石发现了这一点，便以之为题写了一首俳句。

漱石选择住处和发广告求租时的要求和倾向——它们如实

---

〔1〕漱石所写的原文往往日英夹杂，在引文部分，英文后括号中的译文均为译者所加。后同。

〔2〕原文为：「栗を焼く伊太利人や道の傍」。

地告诉我们，这个人对经济地理的感觉相当敏锐。

　　而漱石本人并不知道的是，早在一八九七年，查尔斯·布斯（Charles Booth）就曾经针对伦敦的贫民窟做过配有详细地图的调查（第二版）。现在在网络上查阅伦敦政治经济学院的档案就能找到这份资料。在其中的地图上，作者按居民收入为街区上色，细致到了每条小巷（贫民窟［slum］这个词的原义就是"小巷中的屋子"），因而读者能够对当地的贫富差距一览无余。

　　在这张地图上，泰晤士河北岸、金融城以东船坞附近的一带区域，也就是被称为"东伦敦"（East End）的地方，有一处被涂了淡蓝色，十分醒目。它与对岸（南岸的南华克［Southwark］）的颜色一致。

　　那是伦敦东部河两岸分布的一些小型工厂，还有周边的工人及其家属所居住的狭小的住宅群。

　　北岸西部的宫殿和海德公园与伦敦东端形成了鲜明的对比。另一边，在南岸的西部，位于贫民窟更外围的郊区的，则是中产阶级的住宅区以及小规模经营的租房区等。

　　二十世纪的伦敦呈现出了典型的"城市蔓延现象"[1]。而漱

---

〔1〕　城市蔓延现象（スプロール现象，urban sprawl），又称郊区蔓延（suburban sprawl），大意是指无视规划的、不可持续的城市扩张。

石后期在伦敦的住所就位于这一波风潮下开发地区的中心。想要去市中心的话，就必须乘坐地铁穿过泰晤士河南岸的贫民窟。

被布斯涂成淡蓝色的地区中，每一户的周收入在十八先令到二十一先令之间。布斯根据这一调查，得出了"在四百七十万伦敦市民中，有三分之一，即约一百五十万人正处于饥馑边缘的极度贫困之中而得不到救济"的结论。

以年收入（英镑）为标准来看各个阶级之间极大的收入差距，如下：

贵族	30000
银行家	10000
医生（中产阶级上层）	300—800
教师（中产阶级下层）	150—300
木工（熟练劳动者）	75—100
水手	40—75
伦敦贫民窟居民	50

当然，漱石并不知道这些社会调查的数据。这些都是在百年后的今天，笔者为了重新了解他当时接触到的社会现实，去查阅有关地图所看到的数值。

在英国的第二年，漱石常到海德公园角（Hyde Park Corner）去。在那里，能听到各派别宗教的传教、政局议论以及社会主义宣传等演讲。根据他在英国写的研究笔记（《漱石全集》第二十一卷，第五六一五七页）中的记述可以推测，漱石当时最关心的是社会主义的内容。

　　余（漱石）看来，打倒封建政治而确立的立宪政治，无非是以金钱替代军事力量而已。无非是废弃刀剑，而代之以资本；废弃大名，而代之以资本家；废弃武士道，而代之以拜金道而已：这何谈"开化"二字。只见士绅商贾者日渐跋扈，若无侯伯子爵之富，则只得屈身于绅商之下。而此种情形仍在继续。如此将土地资本集中于少数人之手，则必将失却 equilibrium（平衡）而致使世道崩解。French Revolution（法国大革命）打倒 feudalism（封建主义）又替之以 capitalism（资本主义），故此便要有第二次的 French Revolution。绅商之 selfish（自私）者必将苦痛万分。西洋人眼前有此殷鉴，故此便尽力去做慈善事业（或为宗教之结果）。而日本又如何？绅商者不明是非，又无宗教之心，只懂得恣意行事。且拭目以待，终将有闪电临于其顶的一日。

留英期间他买了一本马克思的《资本论》（英译本），但似乎一直没有读过。

同经济制度上的革命相比，漱石所期待的革命更接近于政治制度革命。话虽如此，他在这样的社会观之下构思出的却是自己的文学论。

那么，在漱石留英过程中最重要的第二个阶段，究竟发生了什么呢？

漱石的"文学之素"与池田菊苗的"味之素"

明治四十一年，池田菊苗发现海带的鲜味来源于谷氨酸钠，取得了制作味精的专利。七年前，他与漱石在伦敦分别。池田的这项发明广为人知。其实我们也可以说，在某种意义上，漱石在文学方面也取得了和这个发明类似的成果。

菊苗的发明叫作"味之素"（味精），那么相对地，漱石的发明就可以称为"文学之素"。

漱石正式开始进行这个"发明"，是在他留英的第二阶段。明治四十年，漱石将之整理成为《文学论》，前后大约花了六年的时间。

有关文学的内容与活动的问题，笔者将在下一章说明。这里我们先将文学的内容等同于人们脑海中流动的"意识"。意识则看作由"观念与印象"（F）和与之相伴随的"情绪"（f）相结合而成——漱石使用符号"F+f"来表示这一理论。

但是，大脑的这一活动自然无法通过诸如解读脑电波的方式得到证明。所以说到底，直到今天，它也不过是一个很多人愿意去相信的假设而已。

不过可不要产生"什么啊，原来是无稽之谈"的想法。因为漱石的不凡之处正在于此。

现在我们能够在电子显微镜中看到单个原子的影像，确认了原子是实际存在的。但在菊苗立志发明"味之素"的时候，原子的存在尚未在物理学界和化学界得到广泛承认。"物质由分子构成，分子由原子构成"在当时仍然是一个猜想而已，而化学家则顺着这个猜想去探索各种化学反应等现象。

菊苗猜想，由于构成分子的原子本身较为特殊，或是由于原子与原子结合的方式（官能基）的原因，一些物质出现了独一无二的特性，比如"鲜味"的产生。于是他煮了大量的海带，反复研究，最后终于发现，海带的鲜味来源于一种叫作谷氨酸钠的物质。后来他又找到了能够将其进行工业化量产的方法，为其商品化打下了基础。

这就是说，如果没有原子的"猜想"，就不会有"味之素"的发明。

虽然漱石的成就同这个发明"完全不同"——但笔者还是

觉得"很相似"——保守地说,这只是一种"类比":漱石正是因为立足于类似的思考,才得以创作出从《我是猫》到《明暗》这一系列备受瞩目的名作。

类比而言的话,在漱石的猜想中,小说创作产生的"味之素","意识"就是它的分子,"观念与印象"(F)以及与之相伴随的"情绪"(f)就是原子。

比如说在十九世纪初建立的现代生物学(biology)就是在"动植物都属于生物,细胞是其基本单位,细胞集合而成为组织、器官,从而让各种生物呈现出各自的习性"这一猜想之上发展起来的。

谈到化学和生物学的关联,虽然这两个学科都有很多未知的领域,但人们仍然会尝试对其基本的构成要素即原子和细胞进行一些设想,然后以此为基础对上层结构进行宏观式的说明。对于微观内容的猜想就是所谓的"还原"(reduction),虽然学科不同,但笔者认为,这种说明的方法仍然是共通的。于是我们能够看到,不同学科、领域之间会进行有关方法论的交流。

通过这种对于思考过程的比较和承认,对学说的发展历程进行研究,就是观念史或曰学说史(history of ideas)的方法。

研究方法的移植与交流是一种跨越了时代和学科的行为。菊苗与漱石在伦敦进行的化学与文学之间的对话就是一个难得一见的案例。虽然这种说法有些大胆,不过我们还是将之作为一个假说来想象吧。

漱石在伦敦一边读书一边思考，写下了大量的研究笔记。其中就有这样一个证据。

（人类）在理想中对避恶趋善的 worship（崇拜）是自然而然的，但不得不承认，这种理想也是人类自己创造出来的……人类的 critical eye（intellect）（批判的眼光［智识］）越 sharp（敏锐），理想化的 God（上帝）之中便越需要那种远离人类的 impersonal（不具人格的东西）。**若是想将藤村羊甘（羹）、牛肉等美食捏合到一起创造出一种毫无缺陷的美味**，那当然是这些 element（要素）越少，越有可能将实物（世上能够创造出来的东西）做出来……God 的 idea（意识）亦是如此。

（《漱石全集》第二十一卷，第五百五十页，粗体字为笔者所标）

这是漱石在阅读约翰·B. 克罗泽（John B. Crozier，一八四九——九二一）所著的《文明与进步》（*Civilization and Progress*, 4th edition, 1898. 现藏于日本东北大学"漱石文库"，这本书的意义将在后文讲述）一书的第四部分（"宗教"）时的随感，他觉得这部分很重要，就将之记在了笔记里。漱石写下这段话的时间应该是在英国留学的最后一年（明治三十五年）的年初（二月左右），至少不会早于前一年的年底。据推测，他购入这本书的时间是在前一年的十一月中旬以后。

虽然《漱石全集》中，冈三郎[1]在加粗部分添加了注释，但他并没有追究它的来龙去脉。所以笔者在这里大胆猜测一下。

藤村的羊羹是本乡地区一家著名点心店的招牌点心，菊苗和漱石都是那里的常客，所以菊苗立刻就能领会漱石的意思。它是对"提取出来的本质"的一个隐喻。

一八四〇年，化学家尤斯图斯·冯·李比希（Justus von Liebig，一八〇三——一八七三）在论文中构想，可以将牛肉等食物的味道转化为高汤（bouillon）。一九〇八年，这一构想实现了商品化。但只通过熬煮的方式，汤中还有杂质存在，味道也不够还原。

菊苗似乎很早就有了将味道本身提取出来并进行工业化生产的想法。所以漱石才会说要"创造出一种毫无缺陷的美味"。这应该不是一个心血来潮的想法，而本来就是一个计划中的事情。

对此，漱石能够理解菊苗的想法，而且他又不会窃取菊苗的构思率先去做。所以菊苗当时可能就毫无顾虑地对漱石说明了。

———————————

[1] 冈三郎（1929—2020），日本学者，主要从事中世纪英国文学等领域的研究。

所以当时菊苗很可能会劝漱石说，像这种提取与合成的方法也可以在文学研究中试一试。

他还有可能接着问了漱石"文学中的分子与原子是什么"这样的问题。

当然，对于漱石来说，羊羹也好、肉汁也好，这些具体的物质并不重要。他将菊苗的构想进行了脱胎换骨式的改变。漱石关心的是方法论，也就是我们应该把对构成物质的基本要素的分解规定在哪一层次。实际上有不少证据能够证明这一点。

读报、给寅彦的信

与菊苗作别半个月后，明治三十四年九月十二日，漱石在《标准晚报》（*The Evening Standard*，共十页）上读到了一篇位于第 2 版、占百分之八十篇幅的报道。随后，他马上给弟子寺田寅彦写了一封长信。

漱石几乎读完新闻后就立刻开始写信了。很明显，他当时的情绪非常激动。

今天的报纸上有 Prof. Rücker（吕克尔教授）[1] 在

---

〔1〕 吕克尔（Arthur William Rucker, 1848—1915），时任英国科学促进会主席。

British Association（英国科学促进会）做的关于 Atomic
Theory（原子理论）的演讲。我读了之后觉得很有意思，
感觉自己都想去做一些科学研究了。写这封信的时候，
我想你也已经读到这个演讲了吧。

池田菊苗氏（化学家）刚刚回国，我跟他在伦敦合
住了一段时日，聊了很多。他是个很出色的学者。虽然
我不太懂他作为一个化学家的造诣，但我确信他会是一
位伟大的顶尖学者。在我的朋友中，他是一个值得尊敬
的人。

我们注意到，漱石给了菊苗最高程度的赞誉。这也充分说
明菊苗曾带给漱石相当大的冲击。

那篇报道写得很有学术性，并不像发表在晚报上的文章。
它转载了英国科学促进会主席吕克尔教授的演讲全文，特别是
在结束部分有以下内容。可能就是这段话打动了漱石。

（主张原子是实际存在的）原子论**将多种事实统一起
来，将复杂的现象单纯化**。所以，在合理的反对猜想出
现以前，我们有权主张：我们的（原子）理论的主要结
构是正确的——这不仅是为了让那些为原子所困扰的数
理物理学家得以解脱——原子在物理意义上是存在的。

（笔者译，粗体字为笔者所标）

漱石之所以立刻能够意识到这篇报道在学术史上的重要意义，是因为，半个月或一个月前，菊苗已经将他所设想的官能基、分子、原子的层级结构及其在其他领域中的意义（在文学理论之中应用的可能性）向他充分说明过了，漱石也理解了这些内容——我们只能如此猜想。

那么，漱石是在什么时候从菊苗处得到这种决定性启示的呢？

菊苗到达伦敦是在明治三十四年的五月五日，当时漱石正住在他在伦敦的第四个住所，之后二人同宿了共五十二天。二人相当投缘，一起聊了很多，话题从世界观到禅宗、哲学、教育、中国文学，甚至聊到了各自心目中的美女。但与他人合住毕竟会影响到两人的学习，于是菊苗在六月二十六日搬去了肯辛顿，漱石也在七月二十日搬到了他在伦敦的第五个住处。

在这之后，二人分别在七月二十一日和八月三日有过两次深谈。七月二十一日下午，菊苗去拜访漱石，二人一同吃了晚饭。直到晚上十一点左右菊苗才打道回府。八月三日漱石前往菊苗的住处，一起吃过午饭后，他们一道去参观了卡莱尔、乔治·艾略特和罗塞蒂三位作家的故居。

在这个时期，就他们会面的时长来看，他们在这两天里进行深入交谈的可能性很高。

特别是在八月三日那天，他们在午饭后走访了作家故居。在这个背景之下，再加上当时漱石正好要把自己写的英文诗（八月一日作）读给每周二为他讲解莎士比亚的克雷格老师听（八月六日克雷格老师给他提了意见），二人深谈的可能极大。当时的漱石正因为自己对英国文学的理解方式（喜好）与英国人不同而苦恼着。他不知道该如何解决这个问题，这又增添了他的烦恼。

二人再下一次的会面是在八月二十九日的夜里，菊苗来向漱石辞行。次日，漱石与房东姐妹二人一同到伦敦阿尔伯特码头为回国的菊苗送行。在伦敦期间，漱石前往码头为友人送行仅此一次。仅就这点来说，我们就能看出漱石对菊苗的感佩了。

池田菊苗是文理兼修的"良识派"

在前一节中，我们设想了菊苗给漱石启发的情形——虽然只是猜想，但也不能否定这种可能性。那么，漱石向菊苗询问意见，而菊苗从自己的立场出发为他提供了一些见解——这样的情形可能更加接近真相吧。

菊苗富有激情的回答让漱石感到了启示、忠告、批判还是煽动呢？不同的心理感受也会让漱石有不同的表现吧。

处于烦恼之中的是漱石，而不是菊苗。而且从菊苗的为人来看，他不是那种会主动把自己的想法强加给别人的人。

菊苗比漱石年长三岁，是能够代表明治时代日本文理兼修的第一流的知识分子。他精通英国文学，曾在坪内逍遥[1]之后，在国学院讲授莎士比亚的课程。

漱石在进入文科大学的四年前，为了凑足学费，曾和朋友一同住在应试学校里面打工，教数学。所以他也有文理兼修的背景。

因此，这两人很快就建立了肝胆相照的友情。但是，漱石在这段关系里总有些被动的感觉。这不光是因为他们年龄差的缘故。还因为在那个时候，人们对"文学是什么"这个问题的认识还比较模糊，但彼时的化学已经取得了长足的进展。

有一年半的时间里，菊苗在当时世界上最先进的莱比锡大学化学研究室中，接受威廉·奥斯特瓦尔德（因其在催化剂、化学反应速率、化学平衡方面的研究被授予一九〇九年诺贝尔化学奖）的指导，进行物理化学（借助物理对化学基础进行研究的新学科）的实验与理论研究。

之后，菊苗为了同正在访英的导师樱井锭二会合而前往伦敦。他想顺便看一看英国的化学研究水平，便以测定"比热"

---

〔1〕 坪内逍遥（1859—1935），日本小说家、评论家、翻译家、剧作家。

为理由，前往伦敦的英国皇家科学研究所。那段时间，他偶尔会与漱石碰面。

樱井教授的哥哥就是第五高等学校的校长，还在漱石留学前教过他英语。由于这层关系，漱石便在伦敦帮菊苗介绍了住处。

菊苗初次前往皇家科学研究所时，漱石也一道去了。笔者猜测，漱石是想借带路的名义去亲眼看看化学研究的现场。

虽然不知道具体时间，但笔者猜想，大概在他们相识后不久，菊苗就为漱石讲解了一些物理化学的最新知识吧。而且，他们聊的一定是关于催化剂和比热的话题。

笔者猜测，菊苗是这么对漱石说明的：所谓催化剂，是指自身不发生变化，却能够催化化学反应的特殊物质。在化学反应中，如果加上热、压力等能量，化学反应就会变快，待生成物积累到一定程度之后停止反应；如果不继续增加能量，反应就会处于平衡状态。而比热就是在实验中表示不同物质对热的反应程度的数值。

就像比热一样，人们发现似乎可以通过揭示物质与能量的互动关系来说明世界的存在样态。当时的人们正推崇这种观念，而它的主要提倡者正是菊苗的指导老师奥斯特瓦尔德。这一派被称为"唯能论"，与其相对的学派则希望通过原子来说明这个问题，被称为"原子论"。

其中，菊苗的立场颇显微妙。他在德国的老师推崇唯能论，但他在日本的老师樱井则倾向于英伦式的、略带古典色彩的原子论。

　　无奈的菊苗在日本扮演了唯能论解说人的角色。数年之后，原子的存在已经不再存疑，唯能论便退出了历史舞台。实际上，菊苗在私下里一直都是一位原子论者。但他也一直在明面上反对脱离自然的能量一元论在社会文化中扩大影响。就这一点来看，他也无疑是一位"良识派"，而那种认为"菊苗在伦敦向漱石灌输唯能论的思想指导者马赫的唯经验论"的说法应该是捏造出来的不实之论。

　　这种说法，在不了解科学的人看来无法否定，在不了解文学的人看来也难以否定。这种说法虽然足以诓骗对这两个学科一知半解的人，但它不仅没有证据，也不合逻辑。这属于那种连反证都不需要去举的"连错误都不如"的东西，毫无批评的价值。

　　对于漱石来说，与菊苗的结识是一个十分重大的事件。所以为了能够正确地认识这个问题，我们有必要先对当时的化学研究情况做一个回顾。

　　原子也好能量也好，还是马赫的唯经验论也好，对于漱石而言都不算什么问题。他文学的特质不会因为这些而改变。

　　归根结底，漱石所关心的只有三点：在文学论之中，第一，基本要素是什么；第二，如何根据这种基本要素对古今东西的文学加以说明；第三，能否将这种理论性的结构和过程适切地构建成为一种学说（theory）。

漱石强烈地希望自己能够像以原子、分子来统一说明物质世界一样，首先建立起某种前提，再通过这种前提，简明扼要地说明文学是什么以及文学对于世界（自然、社会、人类）来说究竟发挥着怎样的功能。

按照笔者的以上推理，我们大概就能明白漱石在那之后的研究和作品的内在逻辑了。

读克罗泽的《文明与进步》

漱石最后一次接受克雷格老师的单独授课是在明治三十四年八月二十七日。同菊苗作别后，漱石买了很多不同主题的书。在九月二十二日给妻子的信中，漱石写道：

> 近来对文学书腻烦了，在读一些科学类的书。归国后计划写作一本书，但诸事所烦，仍无头绪，于是只能读书而已。好不容易有了些想法，结果别人都已经写过了。真讨厌。

信里提到的"科学类的书"指的是卡尔·皮尔逊（Karl

Pearson，一八五七——九三六）的《科学的规范》（一八九二）一书，应该是菊苗推荐给他的。九月十八日，漱石花两英镑买了这本书。

按照漱石的批注来看，他所"讨厌"的是书中第二章的内容。因为这一章直接用了黑格尔的《精神现象学》（一八〇七）中的"科学的知识即人的意识"来进行论述。漱石觉得这是众人皆知的事情，没必要再写一遍。

过了年，漱石在二月十六日写给菅虎雄的明信片上写道："最近胡乱读了些心理学和进化论的书。"他读书的主题又发生了很大变化。

是什么让漱石的读书主题从科学变成"心理学和进化论"呢？

这一点是解开漱石思考脉络的关键。但漱石自己并没有关于这一转变的文字记录。

于是笔者花了大量时间，反复翻阅《漱石全集》中篇幅足有整整一卷的研究笔记。通篇翻下来，最吸引笔者目光的是一部书的书名及其作者。

那就是克罗泽的《文明与进步》。

我们不知道漱石是怎么得知这本书的，恐怕是在书店偶然发现的吧。笔者猜想，一定是漱石拿起这本书翻看了目录，看到了黑格尔的名字，于是跳读了相应的几页，然后立刻决定买下的。

先说结论。可能对漱石有些失礼，但正是这本书决定了漱石日后的文学研究与创作活动。我们可以将它视为漱石的"素材书"。

藤尾健刚曾经详细论述过这本书与漱石思想之间的关系，可谓厥功至伟（《漱石与克罗泽与马克思》，《漱石全集》月报，一九九四年十月；《漱石·克罗泽·马克思》，一九九四年二月；《漱石·宗教·进化论——对漱石在克罗泽书中批注的研究》，一九九三年九月）。

但藤尾并非全盘支持漱石对克罗泽著作的解读以及在此基础上产生的最终观念。也就是说，他批评漱石对"时代精神的心理基础"的理解是不充分的。

与之相对的，笔者重读原书之后，在其他文字资料（研究笔记中的《文艺的 psychology》等）之中验证了藤尾的论断。在此基础上，笔者关心的重点则是：我们必须对克罗泽这本书加以重视，原因在于，漱石对这本书的态度反映了漱石对黑格尔世界观的态度。

克罗泽是一位加拿大医生，他一边在伦敦经营医馆，一边出版了数册有关社会学的著作。就再版的情况看，当时他的书还是相当畅销的。

在《文明与进步》一书中他一语道破：文明进步的关键在于人的精神。

如今人们谈及文明的进步，往往会举出宗教、政治、科学、物质、社会五种要素，用它们的相互作用来对这个问题进行说明。但大多数情况下，由于这五要素之间的相互关系太过复杂，在这一方向上，人们的论述总是很难做到清楚而顺畅。

于是克罗泽提出，对这五要素起掌控作用的是人的精神。他将这种作用称为"新工具"（人类精神的法则）。当然这并不算一个明确的界定。要想对其进行说明，就只能从自古以来宗教在人类社会中的作用说起了。

自第三版（一八九二）开始，这本书在核心部分的第四部"进步的理论"的开头部分加入了两页说明黑格尔《历史哲学》主旨的内容。

克罗泽简明扼要地总结了黑格尔的理论：

> 他（黑格尔）发现，掌握文明的因素就是精神（spirit）自身的必然的不可避的运动（movement）。那是一种无论在精神层面或在科学层面或在实际层面，在所有领域中唯一的、让统合与差异化持续发生的、无休止的螺旋式上升的精神运动。

在这一段之前的第一部"新工具"的第四章"心理学"之中，他指出了黑格尔的"阿喀琉斯之踵"：

黑格尔完全无视了精神自体的内部运动。所以，包括其他学说在内，都无法说明我们已知的文明现象的复杂性……在这里，我提出我的立场。我不是要寻找精神的某个部分，而是无遗漏地将其整体作为一个具体的统一体进行认识。我所谓的"工具"，就是关于这一统一体的法则。

漱石化用了克罗泽的观点，一路追踪，把思路从文明进步的社会学拓展到了其深层的心理学层面。

最后，漱石把计划建立在了"文学理论＝黑格尔的时代精神＋文明的社会学＋心理学的背景"这个等式的基础上。

那么，为什么其他人没能得出如此明确的结论呢？

这是因为，即使人们想到了文学是什么以及文学对于世界（自然、社会、人类）来说究竟发挥着怎样的功能的问题，但由于文学与世界之间存在着相当程度的割裂，如果不能在它们之间找到某种中介的话，对这个问题的认识程度就会大不相同，也就无法继续进行深入思考了。

就像想翻过一座山却在山脚下的深林中迷路一样。

那么漱石是怎么做的呢？他首先将事情简单化，认为世界是由作为人的集合的社会和文学这两种要素构成的。然后他从山的两侧同时"施工"。也就是从社会一方和文学一方相向"挖隧道"。他的目标就是让双方在中途相遇，这样就能"贯通山体"了。

那双方是在哪里相遇呢？笔者认为，相遇点应该是"时代精神"。也就是说，文学是时代精神的表现，而那个时代的那个社会则会造就其独特的时代精神。这样，文学与时代就相遇了。

单独讲"文学与时代精神"或是"社会与时代精神"的话也不是什么难事。但将单独的东西联结起来成为"世界与时代精神与文学"的话，一下就会觉得难了吧。实际上，如果将这些问题分开来思考，最后再将其联系起来，那就像是"哥伦布的鸡蛋"了。不是问题本身困难，而是因为我们不习惯这种思考方法。

不过要将之变成细致的逻辑推演，就需要一些知性的耐力了。笔者计划在下一章来做这一尝试。毕竟连漱石都是靠图解来说明的。

另外，冈三郎推测，克罗泽《文明与进步》第五部"政治"中第六章的内容影响了漱石对社会主义的态度（漱石的态度已在前文中说明）的形成。

在伦敦的构想——回国之后的执笔计划

虽然痛苦，但已经有了些眉目——可能漱石也想给自己的岳父中根重一留下些好印象吧，在明治三十五年三月十五日的信中，他写下了一些故意显示自信的话。

信中，漱石写下了决定他日后活动的两个宣言。

> 欧洲今日文明的失败，明显是其基因之中贫富悬殊过大的因素所致。

漱石目睹了伦敦这个贫富差距社会的缩影，得出了欧洲文明已经失败的结论。他很忧心"文明开化"甚嚣尘上的日本也会陷入同样的命运。

他计划写作的一本书就与此密切相关。

> 首先小生考虑，计划"从应当如何看待世界开始谈起，然后转而谈及应当如何解释人生的问题，其后论述人生的意义与目的及其活力的变化，之后论述何为开化，剖析形成开化的诸种要素，再综合论述，从其发展的方向谈到其对文艺开化的影响，揭示其究竟为何物"。

正如他在这段宣言中说的，他将"开化"（明治的时代精神）放置于世界与文学之间进行观察，于是创作出了《少爷》《文学论》《行人》以及《心》等具有代表性的作品。

第四章　文学是时代精神的表现

世界文坛对漱石的高度评价

随着《从此以后》与《矿工》的英译，自二十世纪七十年代后期开始，漱石便被英语世界评价为现代主义的先驱。而在这之前，漱石因《草枕》和《心》等作品被视为描写自我的现实主义作家。

同时，作为二十世纪文学的开拓者之一，漱石被认为与卡夫卡、乔伊斯、鲁迅（分别为奥地利、爱尔兰、中国作家，都是非西欧作家）等人并驾齐驱。

如此评价漱石的人是前加州大学教授，近年在芝加哥大学教授日本近代文学的迈克尔·布尔达治（Michael K. Bourdaghs）（《〈文学论〉在英语世界的意义——理论·化学·所有》，《国文学》，二〇〇六年三月；《夏目漱石的〈世界文学〉：从英语世界重读〈文学论〉》，《文学》，二〇一二年五—六月）。

二〇〇九年，布尔达治参与翻译的《文学论》出版。在这本书的封面勒口处，有以下对作者和内容的介绍：

夏目漱石被公认为是日本最伟大的现代小说家。他同时也是一位英国文学研究者和文学理论家。一九〇七年，他出版了《文学论》（*Theory of Literature*），这部书是漱石在理解读者为什么阅读和怎样阅读的基础上所做的一个具有显著前瞻性的尝试。虽然后来漱石认为《文学论》尚未完成，但这部作品在他的成就之中仍然占据着史无前例的地位。在俄国形式主义、结构主义、读者反应理论、认知科学以及后殖民主义等构成现在批评基础的观念和理论出现的数十年前，这部书便已经有了先驱性的预见。

漱石采用当时最先进的心理学与社会学的方法构建自己的理论。它不仅是关乎研究读书意识及其经验的理论，而且还是一种融会了文明史与文明的、关乎文明变迁的理论。漱石主张，文学审美是由社会、历史等条件所决定的，他认为可以对西方正典发起挑战。同时，他将自己的理论基础建立在科学的认知之上，从而认为审美存在普遍化的可能。（笔者译）

虽说如上内容存在着溢美之嫌，但出版社是没有权力擅自将译者不认同的华丽词句刊载于书封之上的。所以这也算是据实而言吧。正因为《文学论》受到如此高的评价，这部作品才有翻译成英文并出版的可能。

虽然布尔达治将《文学论》抬到了"世界文学"的高度，但并没有找到足以解释漱石能够总结出那样先驱性的理论的原因。他似乎觉得这很不可思议。

布尔达治的结论是：漱石之所以能够在文学与科学的两条平行线之间画出一条与之相交的"横断线"，是因为相对于西方正典来说，漱石的"世界文学"是"少数派"。

很明显，这不是什么褒奖，而是他从引以为豪的西方正典出发对漱石的一种贬低吧。这是因为在"正典"之中，文学与科学不存在交集也不能有交集。这种交集只有在其他世界中才有可能出现。

而漱石所在的日本，人们却似乎把漱石自己说"《文学论》是个早产儿"的谦虚之词当了真。仍然有许多评论家或是没有理解漱石理论的内容，或是缺乏理解它的能力，居然无礼地忽视了这部《文学论》。真不知道这种情况还会继续到什么时候。

发端于托尔斯泰的艺术论

其实，漱石一到伦敦，就立刻买来托尔斯泰的《什么是艺术》（英译本）一书。读后，他的感触很深。

漱石的购书单（明治三十年一月二日）中就有这本书。《文学论》的早期底稿（村冈勇编《漱石资料——〈文学论〉笔记》）中也记录了这本书。

很幸运，后一资料为我们展示了漱石是怎样读这部书的，编者还用括号把其中的问题点标示了出来。总结起来，漱石对这部书的态度是：（1）对 contagion 的认同；（2）对 pleasure theory 的反对 = 感佩；（3）对 illogical 的遗憾。（编号为笔者所加）

（1）指的是托尔斯泰认为艺术最初的目的是通过感情的感染（contagion），用（基督教式的）爱将人们紧密联系起来。漱石对于"感情的感染"这一部分没有异议。但涉及后面的部分，漱石认为并不能光靠感情去感染。与托尔斯泰不同，他认为意识流与意识流之间，也就是构成人们相互意识的观念、印象以及与之相伴随的情绪之间，还存在着模仿。

（2）指的是针对艺术的评价标准在于感到欢愉（pleasure）的多寡这一观点，漱石表示反对，而托尔斯泰表示赞同。在漱石的艺术观中，必须要将伦理意义上的对错视为艺术的评价标准之一。

（3）是托尔斯泰认为艺术的目的在于传播基督教爱的精神。漱石认为这是不合逻辑的（illogical），明确表示反对。

于是漱石便充分吸收了托尔斯泰学说的长处（1）和（2），并且认为，应当考虑该如何将（3）的内容替换成某些合理的目的（比如"文明的进步"）。

在艺术中将神流放

那么，正如上一章所讲的，在漱石束手无策的时候，正好出现了一位帮助他的人：池田菊苗。

我们再来回顾一下。当时，漱石深刻地认识到了两件自己必须要做的事：第一，在与菊苗的交流中，他学到了对基本要素进行还原的科学方法；第二，菊苗回国之后，漱石又读了皮尔逊的书，于是决定回到自己熟悉的黑格尔哲学之中去。

在此基础上，漱石进行极其细致的思索，并向这些难题发起了挑战。

通俗地讲，黑格尔提出的文明进步原理本来是要放在人类精神追求自由的过程中去讨论的。作为人类精神对自由追求的根源，黑格尔将绝对精神（绝对理念）＝神视为前提。这是出于对基督教的顾忌而采取的权宜之计。但漱石很容易就识破了它的"伪装"。

但光是识破"伪装"还是不够的。漱石必须弥补上克罗泽所谓的"黑格尔的阿喀琉斯之踵"——也就是在心理方面的论证较为薄弱的问题。

这个问题的难点在哪里呢？漱石的研究笔记（《漱石全集》第二十一卷，第五八—五九页）中有如下的记录。

文中的 F 可以解释为集体意识的焦点（Focus），f 则为个人意识的焦点（focus）。需要注意的是，在漱石后面的思考中，F 和 f 的所指对象一直在随着文意而不断发生变化。引文中的［ ］部分为笔者对漱石记述混乱之处的订正。

我要（尽我之所能清楚地）对此进行说明。若捕捉人之意识的 a moment（一个瞬间）并对其进行解剖，它便呈现为 a wave of consciousness（一个观念的波动）。并且我以为，在这个 wave（波动）之中存在一个 focal idea（中心意识），而其他则为 marginal（边缘的），再之下则为 infraconscious（下意识）。他人的行为、思想（通过语言文章）appeal（感染）了我，这就说明双方的 focal idea 是相同的，或双方正处于某种容易激发共鸣的 marginal part（边缘部分）之中。这既是一个人的一个 moment，又是一个时代，即一个人的集合体的 a moment 之 consciousness（观念）。而在这个 consciousness 之中当然也有 focal idea 和 marginal。若将之［集合体的］focal idea 以 F 表示，那就有了 $F = n \cdot f$，f 便为一个人的

focal idea。假令日清战争[1]之时，日本人全体之意识均为此场战争，那么当时最为 appeal 日本人的便是有关此次战争的出版物，其次则为接近此 idea 的 idea。自然，此 idea 有 vivid（清晰）之时，亦有不 vivid 之时，即便在多少有些不 vivid 的 moment 之中，其 idea 仍处于国民之 focus 之中。此可谓之曰"势"。

对于国民而言，这个焦点叫作"势"，漱石也将之称作"集合精神""时代精神"或"时代思潮"（Zeitgeist）等。

根据藤尾的考证（《"集合意识"与"明治之精神"》，《国文学解释与鉴赏》，一九七二年十二月），Zeitgeist 一词的出处应为詹姆斯·M. 鲍德温（James Mark Baldwin，一八六一——一九三四）的《心理发展的社会和伦理解释》[2]（一八九七）一书。顺带一说，黑格尔本人并没有使用过 Zeitgeist 这个合成词。

这段引文最值得注意的就是漱石经过反复思考，第一次使用了 F=n·f 这个公式表达。就是说，在这段文字中，漱石首次提出了"F 为 n 个相同的 f 集合而成"的观点。

---

〔1〕 即甲午中日战争。
〔2〕 原题为 *Social and Ethical Interpretations in Mental Development*。

然而此时并不是奴隶社会，所以并不存在 n 个完全相同的 f。所以漱石立刻就开始思考：f 会如何变化，时代精神 F 又是怎样以"通过 f 增强'势'"的方式发生变化的。

漱石得出的结论就是：文明的进步（或"文明开化"）并非通过"神"，而是通过人们意识的变化来实现的。换句话说，文明的发展并不靠类似"神"这种外部的原因，而是通过人的精神自身这种内在因素而发生辩证法意义上的变化。

通过这样的思考，漱石成功地将"神"从"文明进步"之中"流放"了。他也以此超越了托尔斯泰的艺术观。

常常有人将辩证法意义上的变化解释为"正反合"三个阶段的变化，但这些不过是一些"释经者"的"咒语"，没有什么实际意义。

而漱石则确立了"个人意识"（f）和"集体意识"（F）两个概念，并尝试展开论述二者的相互关系。所以他才强调"这是我自己的思考"。

漱石的这个发明——辩证法的去神秘化——是功德无量的。笔者觉得，哲学界都应该对他表示感谢。

当然，黑格尔本人是这样思考的：

> 我所有的是一个物。作为物，它对于其他一切人来说

都是存在的，对于一个普遍而不特定的我而言，它也是存在的。这样的物一旦为我所有，便同其"为一切人所有"的物之本性发生了矛盾。所以，对所有权的承认与对它的否认一样，在任何层面上都会发生矛盾。不论是承认还是否认，都会**显现出个别性与普遍性这两个矛盾对立的要素**。[1]（《精神现象学》，长谷川宏译，第二八九—二九〇页，粗体字为笔者所标）

故而我们可以说，漱石虽然没能通读黑格尔的原著，但他凭自己的力量以一种更易理解的方式形成了与黑格尔相同的思考方法。

黑格尔哲学与文学的亲和性

读者可能会觉得笔者在过多地谈论黑格尔哲学与文学的关

---

〔1〕 由于《精神现象学》中文译本对此段内容的翻译略有出入，为便于理解，在此附上本段内容的中文译文，以供参考："我所占有的是一个物，亦即一个一般意义上的为他存在，它是完全普遍的，不一定仅仅为着我而存在。我占有它，这和它的普遍的物性相矛盾。所以，从任何方面来看，私有财产和对于私有财产的否定都同样是一个自相矛盾，它们各自在自身内包含着个别性和普遍性这两个相互对立和相互矛盾的环节。"（［德］黑格尔：《精神现象学》，先刚译，人民出版社，2013，第261—262页）

系，但实际上并非如此。本书只是在最基本的程度上适当地涉及了这一问题而已。

黑格尔的代表作《精神现象学》的一个思想原点就是希腊悲剧，特别是索福克勒斯的《安提戈涅》。其证据就是长谷川宏译本的第二九二至二九三页中有这样一段论述：

> 自我意识与各种区别（每个规律）之间的关系是纯粹而明确的。有区别（规律）的存在，除此之外无他含义——这就是区别（规律）被意识所接受而存在于意识之中的方式。在索福克勒斯的《安提戈涅》中，主人公安提戈涅就将它称作未经写成又毫无破绽的"神之法"。

> 它不属于昨日或今日，而是永恒之法，
> 没有人知晓它诞生于何时。

> 规律俨然而在。若要追寻它的存在方式和出现场所，那么我们便已然站立在了规律之上，我们便具有了普遍性，而规律则沦为受到制约与限定之物。如果我们必须洞悉规律的合法性，那么我们便撼动了规律那不可撼动的地位。我们就会觉得，它也许是正确的，也许它不

正确。[1]

以上文字之中体现的"人的精神先天就是追求自由的，它应是什么，并不是什么"这种辩证法的状态、追寻自由的精神的状态、从一个状态到另一个状态之间过渡的状态，不正是十分恰当地体现了《精神现象学》的核心要义吗？

但是漱石却并不知道黑格尔哲学与文学如此紧密相关。所以他只能从零开始，自己寻找道路。

虽然他曾从克罗泽那里得到了一些启发，但漱石并没有完全复制黑格尔的观念。而，从文学到哲学，也就是从具体事物升华到抽象原理——在这一点上漱石与黑格尔是一致的。但漱

---

[1] 中译本对这一段内容的翻译为："同样，自我意识与它们（差别）之间也是一种单纯而明确的关系。它们存在着，此外无他，——这种情况使自我意识认识到自己和它们的关系。所以，它们在索福克勒斯的《安提戈涅》中被当作是一个未成文的和确实可靠的神律：

　　并非今天或昨天，而是永恒以来，
　　它就活着，没有人知道它何时开始显现。

它们存在着。如果我去追问它们的出身，并把它们限制在它们的起源之处，那么我已经超越了那个起源。因为从现在起，我是一个普遍者，而它们则是一种有条件的、受到限制的东西。如果说它们应该得到我的知识的认可，那么我已经动摇了他们的坚定不移的自在存在，并把它们看作一种对我来说也许真实，也许并不真实的东西。"（[德]黑格尔:《精神现象学》，先刚译，人民出版社，2013，第264—265页）

石的这种方法是在引用克罗泽和鲍德温在社会学方面的观点之后自己（再）发明的。

如果我们不能清楚地认识到漱石的逻辑推演中哪里与黑格尔相同、哪里又和黑格尔不同，那么我们就既无法读懂漱石，又无法读懂黑格尔，就可能会出现严重的误读。

文学通过意识的流通表现"时代精神"

我们在以上内容中首先讨论了从哲学一方"挖掘"的"隧道"：阐释了"自然＋社会＝世界"的哲学观念让漱石的思考抵达了"时代精神"的概念。这也就意味着，如果不从"山"的另一方，也就是文学的一方同样进行"挖掘"并抵达"时代精神"的话，这个"隧道"就不会贯通。

不过，从哲学开始的"挖掘"，毕竟已经有了黑格尔曾经的"测量"工作，所以漱石在"挖掘"的过程中就把握准了"方向"，从而到达了他的"目的地"。

而在文学的方面，并没有人尝试做过这样的事。所以随着思考日渐细致，漱石的精神也日渐衰弱。但幸运的是，漱石借助了当时最新的心理学理论，让自己得以"挖掘"下去。

首先，漱石从劳埃德·摩根（一八五二——一九三六）的《比较心理学入门》（C. Lloyd Morgan, *An Introduction to*

Comparative Psychology，一八九六）一书中学习了"应该如何思考意识的样态"。

他受该书第一章"意识的波动"的启发，认为：意识流从时间上来看是先减弱后增强再减弱的，在空间上来看是先缩小再增大又缩小的。他使用图解的方式帮助理解。这一观点并不是他通过实证得出，而是思考得来的。

《文学论》中，漱石使用了倒 U 字的图来表示"意识流"。其中心为"焦点"（focus），其他则为"周边"（marginal）。[1]

接下来是意识由什么构成的问题。这个问题漱石参考了西奥多勒·里博（一八三九——一九一六）的《感情的心理学》（Theodule Ribot, *The Psychology of the Emotion*，一八九八）一书。

这本书的序章指出：通常，情绪（feeling）并非独立存在的，可以说，它几乎总是与知觉（perception）、印象（image）和观念（concept）并存。漱石接受了这个观点。

于是漱石在《文学论》的开头部分如此定义道："大凡文学内容的形式都由（F+f）构成。F 为焦点式的印象或观念，f 为与之相伴随的情绪。"

既然精神也被解释为由集体精神和个人精神两个要素构成

---

[1] 这段论述的相关内容可参见夏目漱石《文学论》，王向远译，上海译文出版社，2016 年，第 5—6 页。

的，那么相应地，文学的内容也被解释为由观念、印象及与之对应的情绪两个要素构成。

如果某单位只有一个要素（一元的），那么它的变化就相对比较困难，如果发生变化，也是一举而成式的变化。与之相反，若该单位中有两个要素（二元的），那么一个要素发生变化，另一个要素也随之发生变化，这种变化是渐进的，它在不知不觉间逐步做好了准备，然后在某个时刻像决堤一样发生剧变。这么解释的话，"正反合"的那层极为神秘的面纱就彻底被揭开了吧。

按照这个思路，就可以认为，即便没有外界的影响，精神的内容或是文字的内容都可能因为自身的内在作用而发生变化。这就是说，不需要"神"之类介入的那种辩证法式的变化同样也能够适用于文学。

这个思考过程在研究笔记之中也有体现（《漱石全集》第二十一卷，第一九五页和第二一一页。这两页中的内容都写有"Ⅲ-6'文艺的 Psychology'"字样），而且漱石的论证相当牵强：

> 不知道我所讲的是否有说服力。姑且认为它是可信的，再将它用我的 formula（公式）表示的话：（1）一个时代的 F 压抑一个人的 f，（2）F 与 f 是 harmonise（相协调）的，（3）f 在 F 之中 predominant（占主导）。换言之：

（1）自我于 F 之中行动，（2）自我尽可能地活动而毫不与 F 冲突，随心随欲而不逾矩，（3）f 自由活动并与 F 发生冲突。

　　art（艺术）亦需经此三个 stages（阶段）吗？按我的说法，一切 art 的进化或变化均要归因于 suggestion（细微的迹象）。只要 art 有所活动，便是由于 suggestion 使然。

　　再来看 intellect（智识）与 art 之关系。无论何种文艺，若无 idea（意识），即 F，便不能成立。所以，古今所有文艺都不会缺少 intellectual side（智识的方面）。然而只有 F 而缺少 f 时文艺亦不能成立。文艺的要素是（F+f）。只有 f 而没有 F，也无法成立。

漱石只是凭借自己的思考来推进一个又一个"猜想"（假定），并没有将以实证为基础的心理学作为他的根据。

用图解帮助思考

可能漱石在思考的时候，头脑中自然就涌现出了一些图像吧。根据冈三郎的考证，漱石最早是将图画在克罗泽《文明

个人一生的历史

认识（realise）

年轻时则易于

认识

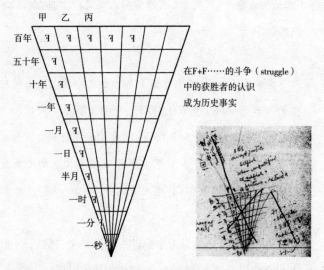

在F+F……的斗争（struggle）

中的获胜者的认识

成为历史事实

日本东北大学"漱石文库"克罗泽《文明与进步》的微缩胶卷的复印图像及
其中文字

与进步》一书的后环衬页上。(《夏目漱石研究》，第一卷，第一四零页。但冈三郎仅将之追溯到克罗泽，并未关注作为思想源头的黑格尔的"时代精神"。)

需要注意的是，这本书并非心理学著作，而是社会学著作。而且这张图的说明文字中只出现了F，而没有f。

我们看到，漱石对时代精神的最初印象，是以集体意识的地区分布和时间分布扩大（扇形）的形式呈现的。也就是说，最初阶段的图解是他从社会的角度对时代精神进行的思考。

这个图第二次出现，是在研究笔记的"Ⅵ－ⅠF与Ideal"部分（《漱石全集》第二十一卷，第三一三页）。与最初的图解相比，图案几乎没什么变化，但扇形图旁边的文字说明有些不同。

漱石亲手擦掉了第一张图和第二张图。不过，擦去它的理由应该不是对图解这种形式的否定吧。

因为在《文学论》中，这张图又几乎原封不动地第三次出现了。这说明漱石之前擦去这张图的原因在于它的用途，就是说，这张图用在最后这个地方才最为合适。

就几张图之中细微的变化（微调）来看，漱石应该也是为了表达"文学（艺术）是时代精神的表现"这一观点而慢慢改变了这张图的用途。

也许在漱石看来，自己已经多次借助图解进行思考了，这张图就能够如实体现自己的想法，所以读者应该不会觉得难以理解吧。不过虽然他附上了一些说明文字，但对于那些不习惯这类图解的人还是会觉得在理解上有难度。

用一个相扑比赛的词来形容的话，当时的读者可能会有一种"浴倒"[1]的感觉。既然如此，那么漱石为什么不详细说明自己的思考过程呢？

不论是身为作者的漱石，还是根据东大授课笔记整理该书底稿的中川芳太郎，都是头脑极为聪明的人。他们的思维也是很灵活的。但是，这似乎反倒带来了麻烦。

图解的说明文字也是一样，它本该随着漱石思考的推进写得更加精致一些。但还是只标了几个 F 而已。

实际上，如果我们更加准确地还原漱石的思考过程，就会发现，他开始从文学一侧"挖掘隧道"的时候，并没有用 F 或 f 作为符号，而是使用 A 和 a 来表示的。（参见《漱石全集》第二十一卷，第一八五页，"Ⅲ–6'文艺的 Psychology'"的开头部分。）

可以推测，在较早的阶段，漱石为了配合从哲学角度对时代精神进行的说明及其符号，将 A–a 替换成了 F–f。

也就是说，图形保持不变，而漱石头脑之中所思考的解释

---

〔1〕 相扑中以全身压倒对手的动作。

$$A-a,\ A-a',\ A-O$$
$$F=n \cdot f$$
$$F-f,\ F\ '-f',\ F\ ''-f''$$
$$F+f,\ F\ '+f',\ F\ ''+f''$$

–表示对应，+表示伴随

文字就像表中所示，不同行之间的相应内容应该是可以自由替换的。在此基础上，他将社会、时代精神、文学之间的关系设定为是可以相互自由往来的。在头脑中进行的这些思考让他得出了"文学是时代精神的表现"这一定论。

再啰唆一句。像前文中提到的藤尾那种认为"漱石没有给出 F+f 的心理学依据"等批评其实是缘木求鱼的做法。

我们应该理解的是：漱石在《文学论》中构筑的，是一种"如果先设定前提，再进行演绎，而推演的结果能够得出有用的结论的话，那就应该像这样去设定前提"的"理论"。

漱石是在什么时候、在哪里学到这种思维方法的呢？如果他中学的时候认真学习过"欧几里得几何学"的话，那就有可能从中得到最初的启发。之后的时机则是在伦敦留学期间所读的皮尔逊的《科学的规范》一书。因为这本书的前半本（特别是对达尔文进化论构思过程的阐述）都在反复说明假设和理论的问题。

顺便说一下，漱石对"观念或印象伴随着情绪"的认识实际上在他读里博的书之前，在读皮尔逊的书时就受到启发了。不过皮尔逊书中的相关段落又是引用的摩根的《动物的生活与智慧》一书，将意识定义为由知觉和记忆构成。

从这一点可以推论，漱石的思考是从皮尔逊到摩根再到里博这样推进的。

将漱石贬低为"少数派"的布尔达治如果能够像上文一样对漱石的思考过程进行十分准确的调查考证，一定会改变他的判断。

大塚保治的"同时构想"

最初，达尔文顾虑到宗教因素，决定慎重地提出物种的自然选择学说。而此时，阿尔弗雷德·华莱士（Alfred Russel Wallace）已经提出了近似的观点。随后达尔文为了保住优先权，立刻于一八五八年七月，在伦敦林奈学会发表了自己的论文。而华莱士则被视为共同发现者。

多数人可能会在同时想到同样的观点，这种事情偶尔会发生，我们将这种现象称为"同时发明"或"同时构想"。以上可以说是最为有名的一个例子了。类似的情况在漱石和大塚保治之间也出现了。

保治比漱石小一岁，但由于漱石入学较晚，保治比漱石早两年从东大哲学科毕业。毕业后他在东京专门学校（现在的早稻田大学）教授美学。

日本的"美学"最早由研究学问构造的西周在《百学连环》（明治三年至六年）一书中译作"佳趣论"（aesthetic），后来又被人译为"审美学"，最后才定名为"美学"。

美学将精神活动分为"知""情""意"，认为它们分别对应"真""善""美"三种理念。研究这三种活动及理念的学问则分别是逻辑学、美学、伦理学。而美学认为，在"知"与"意"的平衡之中，"情"占据着重要的地位。

森鸥外[1]就抓住了美学对"情"的重视。明治二十五年十月到次年六月，他节译了爱德华·哈特曼（一八四二——一九〇六）的 *Ästhetik*（一八八六——一八八七）一书，改题为《审美论》出版。

鸥外的美学论述名噪一时，他也因之到东京美术学校和庆应义塾授课。到位于上野的美术学校授课时，他都要在本乡的家中穿好军装，佩上军刀，骑马前往，还要不分青红皂白地强调"美是假象"。结果学生对他的评价非常差。

与鸥外的观点相比，保治的态度比较柔和。鸥外主张美的

---

〔1〕　森鸥外（1862—1922），日本明治、大正时代的小说家、评论家、翻译家。

本质是一种抽象理想（假象的美），针对这一观点，保治提出，美的本质是一种具体理想。(《审美批评的标准》,《六合杂志》, 明治二十八年八月)

而无论是抽象的还是具体的，它们都预先设定了一个美的本质的存在。而两种观点都认为美的本质是不确定的，是主观的、随意的。

这种较为模糊的观点一度备受赞誉（即便只是在一个时期内），这大概是因为人们可以将它作为一个大致的轮廓，以便对古今东西的美术进行总体性的论述。

当时有不少学生对此感到困惑。漱石也是其中之一。他曾这样说：

> 他（子规）要比我们早熟,特别是喜欢卖弄哲学之类,让我们有些发怵。我对这些方面本就是全然不懂的, 还得看着他拿着哈特曼的哲学书（是他拜托在巴黎的叔父送来的《审美论》原著）之类的书籍到处炫耀。(《正冈子规》,《杜鹃》, 明治四十一年九月一日号)

但西洋镜是很容易被拆穿的。在明治二十九年十一月出版的评论集《月草》的序言中，鸥外如此抱怨说：

提起审美学，我自己算是有些名气。而且只要我的名字一出现，哈特曼的名字就立刻会随之出现。有人讽刺我，说我是专门研究哈特曼的批评家。射人先射马嘛，于是他们就开始攻击哈特曼了。

正在哈特曼与鸥外得享大名的那一年——明治二十九年，大塚保治前往德国留学，后于明治三十三年回国。留学期间，他走访了意大利和法国的美术馆，滋养了自己在美学方面的见识。在回国的同时，他被任命为新设立的东大美学科的教授。

他回国是在明治三十三年的七月，四个月后的十一月，保治在哲学会[1]发表了题为"美学的性质及其研究法"的演讲（该讲稿刊于明治三十四年六月的《哲学杂志》）。

演讲中，保治全面否定了完全蹈袭哈特曼观点的鸥外的《审美论》。他如此总结道：

与美术相关的研究，大体分为美术学和美术哲学两个方向。我以为将这两个方向分别研究是比较有利的。而美术学又包括美术心理和美术社会学两个内容，这两个内容都应该得到充分的研究。在美术心理之中，不仅

[1] 以哲学研究为目的的学会，于 1884 年成立。

仅包括美术的感化作用，创作美术的心态也是其中的一个重要内容。还有，此前不甚健全的社会学式的研究如今也被完成得很好了，如果这种综合性的体系建立起来的话，在美术家和批评家眼中，当下的美学就会变得一文不值。我在想，美学失去的说服力还能够恢复几分呢？

漱石《文学论》中的"时代精神"是借助社会学与心理学进行阐明的，而这两方面自然都是以黑格尔哲学为基础。保治的主张与漱石的观点如出一辙。

保治在德国留学时，买来了自己尚未读过的黑格尔的《美学讲演录》，并将之读完。而且他身边的人又对他讲了一些黑格尔哲学的要义。这让他对美的研究方法像引文中所说的那样，发生了根本性的改变。

他所读的《美学讲演录》原书的第一部和第三部寄赠保存于东大文学部图书馆（缺少第二部）。书封内环衬上有他的藏书印，上面刻着他面朝桌子的背影以及亡妻楠绪子的名字（IN MEMORIAM OTSUKA KUSUO），表示楠绪子在保治身后守护着他的意思。这个设计让人不由会心一笑。与漱石不同，他没有在书上写字，依稀只留有一些标示阅读进度的铅笔画痕。

保治回国和漱石前往伦敦分别是在同一年的七月和九月，正好"擦肩而过"。保治发表关于新的美学研究方向的演讲时，漱石已经在伦敦了。所以，我们可以认为，漱石的思考没有受到保治的影响。

所以这两个人都是独自思考而得出的成果。不过漱石的思考始于文学的目的，涉及一些具体的创作方法，具有相当的范围和深度，具备理论的样态。而保治的思考则停留在了研究方法之上，从内容而言是不能与漱石相提并论的。

话虽如此，是什么让他们在同时做出了同样的构想呢？一个明显的原因就是鸥外的《审美论》给二人所处的文艺界带来了相当的困惑。也就是说，漱石和保治二人是不约而同地开始寻求应对鸥外理论的方案的。

漱石在《我是猫》中，创造了美学家迷亭及其叔父（旧幕臣）两个角色，恐怕就是对鸥外及其叔父西周，还有子规和他那位从巴黎送来《美学论》的叔父的暗讽。大塚保治和漱石自己都对当时流于表面的欧美文化输入表示了讽刺。

将这一点套入《文学论》开头所定义的（F+f）的话，那么 F 就代表哈特曼影响下的"审美论"，f 代表哄笑，而"时代精神"就是那种肤浅的"文明开化"。

《文学论》的构成

关于《文学论》的思考动机以及构建的过程，笔者已经在前文就这个问题与漱石的留学地伦敦的社会背景的相关性进行了分析和阐明。那么，在这一节笔者便将原本应该在本章开头部分介绍《文学论》的构成问题以概括的方式权作整理。

漱石在东大授课进行了两个学年，即从留学回国九个月后的明治三十六年九月到明治三十八年的六月。到次年十一月，漱石又加笔写了新的九章内容（第四编第七章"写实法"之后的内容，约占全书的三分之一）。全书于明治四十年五月出版。所以，虽然很少有人提及，但《文学论》多少也反映了《我是猫》和《少爷》等小说的实际创作经验，这一点是我们有必要讨论的。

在该书第一编第一章，漱石给文学的内容下了一个一般性的定义——"F+f"。这就将此前尚无基本概念的"文学的内容"进行了抽象化，而且并没有依照诗、戏剧、物语、小说等体裁划分对其进行把握，让我们有可能在融通古今东西一切文学的前提下对"文学的内容"问题进行讨论。

根据这一定义，我们就可以相对中立、客观地对阅读文学时的趣味（品味的方式）及造成这种趣味的文化方面的地区差异和世代差异进行把握。因此，这个定义为文学史和文学批评打开了新的局面。经过对"F+f"的讨论，漱石思想中的"个人本位主义"的理论根基也得到了充分的拓展。

第一编第二章到第二编第二章是对情绪的具体说明。漱石分析认为，情绪主要由"读者的反应"而生成。

　　与其说是作品的"F+f""传染"了读者，不如说是它让读者在内部进行模拟，读者则将之与自身已有的"原型"（prototype，原体验或原故事）相参照，或是拒绝，或是接受。读者在接受的同时也会对自身的"原型"加以修正，令其成为自身的一种新的"原型"。

　　漱石摒弃了托尔斯泰的"传染说"，而且，他的观点似乎可以成为对二十世纪六十年代兴起、直到现在仍被广泛接受的"读者反应理论"（Reader's Response Theory）以及二十一世纪以来形成的"基于认知科学的文学理论"的一个提前的证明。

　　第二编第三章中，漱石提出，给予"幻想"是文学的第二大目的。简单地说，就是重视"夸张"。

　　二十世纪二十年代的俄国形式主义强调文学为吸引读者的注意而使用的非日常表现的作用。这曾被称为"陌生化"，现在则称作"前景化"（foregrounding，原本是"置于近景之中以将之凸显"的意思）。"偏离"（deviation）和"重复"（parallelism）是前景化作用的两大手法。

　　《少爷》中对"少爷"的学生进行的行动描写就是前景化的一个典型。

　　第三篇"文学内容的特质"将文学与科学进行了对比。《文学论》一度在此停笔。文库版上册的内容也是到此为止。

漱石在第三编开头部分指出，语言的能力（文章之力）"在无限的意识连锁中，在这里那里，或有意识或无意识地追寻并成为我们思想的传导器。就是说，它并非将我们心理曲线的不间断的流动改写为相当的记号，认为它是在将这一长波的一部分截取出来则更为合适"。这就指出了修辞的要义。

《文学论》的后半部分始于第四编"文学的内容的相互关系"。这部分内容指出，文学中的表现取决于观念、印象、情绪三个要素的综合方式。

第四编第一章至第六章中，漱石举例说明了现在被概括为"旧修辞法"的联想、双关、讽刺等手法。其中，他简明扼要地用"不对称法"（incongruous contrast，意指不协调的事，比如场面与行动、语言与实际之间的不协调）解释了"讽刺"。

再以下的内容，漱石的语气和文体都略有改变。因为之后就不是他授课的内容，而是刊行时补写的了。

第四编的第七章与第八章中讨论了当时被称作"新修辞法"的"写实"和"间隔"（即对于作品中的人物与读者之间的距离所进行的处理），并以例证来讨论。

最后的第五编是补遗的内容，漱石还在这一编将自己的观点放在英国文学史之中进行检验和论证。

当然，即便是漱石也不可能解决全部的问题。他承认自己没能解决"结构"（plot）问题。在第四编第八章中，他说："很遗憾，我才疏学浅，只能谈一谈文学的内容，尚不能言及形式问题；只能触及一些形式的局部，还没有详细说明其根本问题的能力。"

结构（plot 的原意是"放置"）并非指事情发生的顺序，而是指为了提升表现的效果而人为安排的排序，以及按照这种顺序展开的故事，也就是所谓的"情节"。

虽说有些不可思议，但漱石当时不知为何要拘泥于内容与形式的一致，同时试图将结构与作品中的人物关联起来，最后陷入了混乱。这就是他放弃这个问题的原因。《文学论》刚刚出版的时候，漱石就意识到，只要读者没有感到不自然，形式就是自由的。不过为时已晚了。

除此之外，虽说《文学论》的观点和论述都是比较有启发和有益的，但如果读者完全没有这些问题的意识的话，那《文学论》对其而言不过是对牛弹琴而已。漱石对此也束手无策。

不过即便如此，如果要在书中找出漱石最想传达给大众的某个观念的话，笔者认为，那只能是漱石对文学与科学各自意义上的"真"的思考。

在第三编第二章"文艺上的真与科学上的真"中，漱石这样说道：

> 自古以来，文艺的各个要素中是以感情为最的。所

以当这个感情得以传达给读者时，我们便可以毫不犹豫地认为已经将文艺上的真付于其中了。我们看看 Turner（透纳）晚年的作品吧。他画的海如此灿烂，就如同把颜料箱打翻在画布上一样；他画在雨中前进的火车时，画面上烟雾溟蒙，火车就仿佛是行驶在带有色彩的水面上。这样的海洋和陆地在自然界中是看不到的，它们是存在于内心深处的。但它们却充分地具有了文艺上的真，它们充分地满足了人对自然界的更高的要求——换句话说，我们会认为它们确实是具有生命的。所以，他的画虽然没有科学上的真，却深得文艺上的真之三昧。

然而我们不能忘了，所谓文艺上的真会随着时间的推移而改变。我们不是常常看到，很多时候一部文学作品今天还被人称赞"真"，而明天就很快因为"不真"而遭受抨击吗？这就是由于**一切的"真"的标准时时刻刻都在发生着变化**。（粗体字为笔者所标）

为什么笔者认为以上内容是漱石最想要表达的思想呢？因为《文学论》这部书整体上就是根据皮尔逊《科学的规范》而写成的，所以其最为核心的思想就应该是"前提如果变化，那么理论亦会随之改变"。

引文中最后讲到的"一切的'真'"之中难道不是也将科

学的"真"包含在内了吗？如果不是这样，漱石就不会特意给这个真字加上引号了。我们也要充分注意到身为作家的漱石在写作时的这种细微的笔法差异。

文学的真也好，科学的真也好，它们都会随着时代的推移而改变。正因如此，我们更应该将包括这一观念在内的我们的思考放在从过去到现在乃至未来这样广阔的视野之下去评价，并寻找未来的正确方向——这就是"人文学"的必要性，漱石最想要阐明的核心观点不正是这一点吗？

由于这种思考需要跨越所有的领域，而推进这些领域不断进步的主体正是人。所以能够承担这一任务的，就是那种探寻作为主体的人的存在方式的学问——这就是我们要期待的人文科学。

第五章 利己主义者的爱情

《从此以后》的"此"

漱石是如何选择小说主题的呢？

他并非全无规划，不过在《三四郎》完成之前，他尝试过很多主题。换句话说就是，他什么都想写一下，但还没有确定具体的方向。

到了明治四十二年（一九〇九），漱石四十二岁，进入《朝日新闻》工作也有三年了，离他在伦敦的构想已经过去了近八年，他已经在日本获得了稳固的声誉。此时的他一定在想，必须开始着手于自己毕生的事业了。

七年后，四十九岁的漱石英年早逝。这是他自己没有料到的。所以他还没有来得及对自己"毕生事业"的主题进行集大成式的总结。

排除没能写完的《明暗》，我们看到，漱石在明治四十二年以后，在小说中分别积极地探求过这样三个主题：第一，《从此以后》《门》《春分之后》《行人》四部作品以"自我"为题；

第二，是在《心》这部内容横跨心理、社会、哲学的"综合小说"之中讨论"时代精神"；第三，是通过《路边草》这部有自传性质的作品讨论"家人的存在方式"。

漱石平均下来差不多每年写一部作品。虽然写作过程让漱石的精神十分痛苦，但我们不能因此说他在写作之前没有充分的时间去思量作品的内容。

如今我们回过头去看，能发现这三个主题其实是有内在联系的。所以应该可以说漱石写作时经过了十分系统的深思熟虑。

这三个主题中的任何一个都是值得被作为"毕生事业"去书写的。从这个角度说，漱石独力完成了"三个人"的"事业"。

那么，如果我们还是非要挑出一部作品作为他"毕生事业"中的"毕生事业"，那就只能是《心》了吧。因为这部作品汇集了上述三个主题，所以将它选出来想必漱石本人也不会反对吧。

三种主题汇集在一部作品之中——这一点就已经明确表示，对于漱石来说最重要的主题还是"时代精神"。这是自然而然得出的结论。

漱石迈向这个主题的第一步，就是《从此以后》（明治四十二年六月二十七日到十月十四日连载）。

虽然身为作者的漱石在写作时毫无挂碍，方便他自由发挥，但他似乎觉得这本书对于读者而言确实有些不太客气，可能会给人一种傲慢的感觉。于是他在预告中做了如下说明：

> 这是多重意义上的"从此以后"。因为我在《三四郎》
> 中讲了一个大学生的故事，而这本书中讲的是那之后的
> 事情，所以是"从此以后"。《三四郎》的主人公那么单纯，
> 而这部书的主人公是那个阶段之后的男人，在这一点上
> 说也是"从此以后"。这一部的主人公在最后陷入了一种
> 奇异的命运，但我没有写那之后发生了什么。就这个意
> 义来说，也是一种"从此以后"。

虽然对于读者来说，《从此以后》是"《三四郎》之后"的
意思。但对于作者漱石来说，则是意味着在"伦敦的构想之后"，
换句话说，这是一部为了实现他在伦敦的构想而写的作品。它
意味着漱石重整旗鼓，朝着那个目标再度启程了。

话虽如此，那么漱石为什么要用整整四部作品去讨论关于
自我的问题呢？

日俄战争以后，一代新人（明治时代的战后派）登场了，
他们热情地歌颂自我。漱石应该是预料到了报刊的读者会对这
个话题很有兴趣吧。

自明治三十九年始，漱石在报上连载了五年小说，便对自
己的读者有了这样清楚的认识：

126

实际上，我们《朝日新闻》的读者已经多达数十万人了。我不清楚这其中会有多少人阅读我的作品，但其中大部分人应该是未窥文学之门径的。我想大家可能都是单纯地作为一个人，率意地呼吸着大自然的空气而平稳度日的吧。我相信，能够把自己的作品在这些有修养且纯朴的人士面前公开发表，是我的幸福。（《关于〈春分之后〉》，明治四十五年一月一日）

让这样的读者——有修养而平凡的人们——来读这样的作品是他求之不得的事情。也正是这一点让漱石充满了斗志。

但实际上，原因并非仅此一个。漱石表现出如此热情的背后还有一个多年来的秘密目的——身为作家和文学研究者一直在追寻的一个问题。

在伦敦的构想以及作为其一个环节的《文学论》的刊行，向世人抛出了一个"文学是时代精神的表现"的命题。让"时代精神"得以进步的，正是 $F+f$ 与 $F'+f'$ 的差异，也就是意识、文学的内容（观念或印象以及与之相伴随的情绪）、集体意识与个人意识——这些因素的存在方式的多样性。

精神的多样性是植根于个性的差异和自我的差异之中的。漱石认为有必要对这个问题进行确认。

但遗憾的是，漱石仅仅把目标锁定在最后这一点上，并没有对其进行详细而彻底的论述。只有一篇他在学习院的演讲《我的个人主义》（大正三年十一月二十五日）可以当作参考。虽然有些迂回，但其中讲到的利己与利他的折中问题却是他对这个问题公开讲过的唯一的证言。

而在小说之中是不会正面切入一个问题的。更何况这还是一个没人解决过的难题。非要强行去找的话，那么我们可以从《行人》一篇的结尾部分推论出"主体间性"的问题。不过，漱石也仅仅是站在这个问题的入口处，并没有继续深入（后文将详细论述这一点）。

问题没能得到解决，既有外在因素，也有漱石身上的内因。所以漱石先后四次对"自我"这一主题进行讨论也是自然的了。

带来自我意识的社会

四篇以"自我"为主题的作品的主人公是有共通特点的。

其中的两个人没有工作。《从此以后》的代助悠游度日，靠家里的接济过活。《春分之后》的市藏则有父亲留下的遗产（在这里，笔者只关注《春分之后》中市藏与父亲关系的部分）。

另外两位主人公倒是有工作的。《行人》中的一郎是大学教师。《门》中的宗助于京都大学肄业后在广岛和福冈两地谋生，后经朋友介绍成了一个底层公务员，最终回到了东京。这两个人都完全没有投身到职场竞争中去，也毫无以升职为目的对所属单位效忠的必要。即便他们是从他人手中获得生活费，但相对而言，他们在经济上都是"独立"的。

自我一词译自拉丁语中第一人称的"ego"，是"自"与"我"的复合词。同一性、连续性和主体性是其三个必要条件。所以，与他者相区别的、具有独自情感的、一贯而不矛盾、能够独立做出判断的自身（我）就是自我。

即便是与他者相区别且不发生变化，但如果不能够独立进行判断，也会失去自我。从这一点来看，经济的自由程度是"自我"最重要的条件。

此外，在家庭内部的地位，特别是与父亲的关系（主人公对父亲的轻蔑）等也都是促成独立的条件。

代助的父亲幕末时被德川家的亲藩[1]派遣到京都，似乎过了一段刀头舐血的日子。进入明治时代后，他转而进军实业界，创下了自己的产业，还纳了妾。他在家里挂了一块从旧藩主处得来的写着"诚者天之道也"的匾额。代助非常讨厌它。

代助讨厌父亲，是因为父亲表里不一。倘若对父亲言听计从，那他自己的境遇便不堪设想了。实际上也是如此，父亲为了事业逼迫代助与另一位资本家的千金成亲。代助拒绝了，于

---

[1] 与德川家有血缘关系的藩领。

是自己的生活费也就没了。

《门》中，宗助的父亲已逝，所以他不得不帮忙筹措弟弟的教育费用。不过家庭并非束缚他的地方。

另一方面，《春分之后》中的市藏并不是他母亲的亲生儿子。他是亡父与女佣的私生子。《行人》中的一郎是长子，他的父亲也很早就过世了。

所以这四个人都没有被家长所束缚，即便有所束缚，力量也是比较弱的。因此，在我们的时代已经成为定则的就职之事——父亲或家长为了孩子的就职去拜托别人，为了回报这份人情，孩子就不得不对就职的单位效忠，不得不牺牲自己的主体性——在那个时代是没有这种人生累赘的。

所以他们可谓字面意义上的"游民"。当然，我们显然难以说是当时的社会为他们提供了做"游民"的经济条件。不过要是说完全不存在社会条件，在某些方面而言也是不成立的。

当时日本经济的整体规模在不断扩大。维新之后，日本的资本主义经过了二十年的发展，在十九世纪九十年代已经拥有了完备的体制。而之后，到一九二〇年的三十年则可以称为"发展期"。

到明治四十二年，这个三十年的发展期已经过了三分之二。《从此以后》便写于这一年。我们首先必须对这个时期的意义，即日本现代化进程中经济、社会的发展历程有所认识。只有这样我们才能理解"自我"的问题性。

在这三十年间，日本以甲午战争（一八九四——一八九五）、日俄战争（一九〇四——一九〇五）、第一次世界大战（一九一四——一九一八）三大战争为契机，通过巨额的政府支出（外债、国债、增税等，当然最终由全体国民负担），大幅推进了工业化。

当时用农林水产与工业（工厂制与作坊制）的产额（单位：百万日元）作为反映经济规模的标尺。一八九〇年分别为 690 和 228（157+71）。而到了一九一〇年，这两项数值分别增加到 1449 和 1532（1048+484）。

一九一〇年的票面价值总额是一八九〇年的 3.2 倍，工厂制工业的票面价值总额是一八九〇年的 6.7 倍。

考虑到这个时期物价上涨（1.65 倍）的情况，一九一〇年的实际价值总额与工厂制工业的实际价值总额也分别达到了一八九〇年的两倍和四倍。

二十年后，经济规模实质上扩大到了之前的两倍。那么，其中获益的人是谁呢？首先就是那些投资高收益股票的投资家。

《二十一世纪资本论》一书的作者托马斯·皮凯蒂（Thomas Piketty）认为，导致产业革命以后欧美贫富差距的原因在于 r（利率，利息、股票的收益率）与 g（工资）增长率之间的差距。

这一规律同样适用于二十世纪头十年的日本。我们去查找相应的数据就会发现，在景气时期的纺织、电力、煤气等股票的投资回报率与同时期的物价上升率（在此笔者只能假设工资随物价水平而增长）就符合这个规律。

在战争景气下的明治三十八年，钟渊纺织与仓敷纺织的收益率分别上升了 50% 和 20%。而在日俄战争后的不景气之下，这两家的收益率则分别下降了 20% 和 10%。

二十年间的物价（工资）的上升率是 1.65 倍，但股票的收入（票面 + 收益，不考虑股价的变动并假设票面不变）一年之内就涨到了 1.5 或 1.2 倍。很明显，靠资本收益赚钱简直如同探囊取物一样简单。即便你想要规避股价变动的风险，选择购买低风险低回报的东京电灯或是大阪煤气这样的股票，每年也能有 1.2 或 1.1 倍的收益。

由于米产量增加而土地租金不变（通常是产量的 50%），地主的收入随之增加，中等以上的地主便有了富余的资金。如果将资金投资于购买较为稳定的水利电气股票，便足以将家里的二少爷送到东京过"游民生活"了。

不过如果不用自己的资金而是借钱进行投机买卖（利用股价或商品期货的价格变动获益）的话，一旦失手，就无法还贷，很容易落到破产。漱石的岳父晚年生活困窘就是为此。

有了这样的经济基础，鼓吹自我便不会是一件有名无实的事情。于是，人们对"何为自我"的思考便深入了。

在日俄战争结束约十年后的大正五年（一九一六），朝永三十郎出版了《近世时期"我"的自觉史》。应该注意，这不是一本单纯的"我之历史"，而是一部"自觉的历史"。正如目录所示，这是一部严谨的著作，出版后十分畅销。

1　"文艺复兴"中"我"的发现

2　中世时期的教权中心主义

3　"我"与教权——神秘学说

4　"我"与国家——立宪政治运动

5　"我"与理智——主知主义与其反拨

6　"我"与自然——机械主义的人生观和世界观

7　复数"我"之间纽带的丧失

8　超个人的"我"的发现——康德

9　超个人的"我"的绝对化——"浪漫"期——理想主义的全盛

10　对"我"之自律的否定——理想主义的没落——自然主义兴起

11　"我"之自律的回归——新理想主义

12　德意志的新理想主义——西南德意志学派

13　总结——"理性我"的自律

就章节目录来看，其内容不仅合乎明治、大正时期日本的情况，即便到了百年之后的现在，也会引起人们的阅读兴趣。

如果日本社会能够广泛领会和理解这种"'我'的自觉史"的话，就不会有那些直到如今还让人感觉气愤的事情了。这简直是社会性的浪费时间。不懂得以史为鉴，是很可怕的。

朝永大正二年（一九一三）夏天留学回国，他在演讲和报告中渐渐筹划好了这本书的内容。

日俄战争之后的日本追寻"自我"成风。推动这种对于"我"的自觉的（如果可以说这是现实所带来的影响的话），是日俄战争之后经济、社会以及文化的状况。

前面讲了这么多题外话，现在我们开始谈漱石。不过还是要说，他的目光相当敏锐。

笔者之所以提到《近世时期"我"的自觉史》这本书：第一，是将它看作当时社会重视自我问题的一个标志；第二，是将其作为一个参考轴，考察漱石自我观的社会评价；第三，是将之作为一面镜子，以此反观当时的读者们对漱石以自我为主题的四部作品的接受程度——这本书可以说是唯一的证据资料。

通过目录，我们能清晰地看到，作者是按照时代顺序进行写作的。就是说进入第七章之后，作者看到了当时世界范围的"自我之自律"的衰退，并寻求它的"回归"。漱石就是将自己置于这样的世界潮流之中。

在第十二章"德意志的新理想主义——西南德意志学派"之中，作者这样总结道：

> 意识到自己的本性，或曰认识到人格的尊严，或曰认识到自己内心的良心的权威，就是真正意义上的"我"的自觉。因此，真正的自觉无论遇到怎样的外部力量、受到怎样的外界压迫，都不会屈从于威权。在保持这种意识的同时，真正的自觉亦不能够因"自然我"，即个人的利害、好恶、爱憎等而损害。真正的自觉必须以普遍的、妥当的规范意识为基底，所以它不仅不是一种狭义的"自然我"的主张；反之，还必须要以超个人的我对之进行克服和矫正。

以上论述自然是朝永在留学期间思考的成果。不过假如朝永不是哲学家而仅仅是一个具备相当思考能力的知识分子的话，如果他读了漱石关于"自我"的作品，也很可能会写下同样内容的读后感吧。在这个意义上，朝永就如同漱石的一面镜子。

既然确实有像朝永一样能够符合漱石期待的读者，那么，漱石当然会在"自我"问题上投入相当大的精力了。

三角关系＝利己主义者

而对于提倡的"自我"，有时人们会持肯定态度，有时候则会否定。

以"自我"为基础的行动和思考分为两种：为人所肯定的是个人本位主义（个人主义，individualism），而被否定的则是利己主义（egoism）。这二者之间有什么区别呢？

漱石的作品并没有使用那种以偏概全式的抽象定义对二者进行区分，而是通过对小说主人公的具体行动的描写，将这二者明确地区分开来了。

当然，这未必符合经济学或政治学上对于利己主义的定义。在漱石的作品中，只要是推动三角关系（或类似的男女关系）的人，最终都没有停留在个人主义的层面，而是纷纷堕落到了利己主义之中。

《从此以后》中的代助喜欢朋友的妹妹三千代，但却将她让给了大学同学平冈。平冈最初是在关西的一家银行工作，代替上司引咎辞职之后回到了东京，成为一个专门报道实业界流言的记者。患了心脏病的三千代同代助久别重逢。代助却自欺欺人，以自己比平冈更早喜欢上她为由，常常同三千代私会。

三千代、平冈、代助这段三角关系的发端是代助，积极推动这段关系的人主要也是他。代助为了让来他家做客的三千代落入自己彀中，在屋子里摆放了香气浓郁的百合花，还说了一套精心准备的话勾引对方。这段十分自私的对话如下（这里省去了非对话部分，只引用必要的对话内容）：

　　"我需要你。无论如何都需要你。我叫你过来就是为了跟你说这句话。"

　　"三四年前我就该向你表白。"

　　"你当时为什么抛弃我呢？"

　　"是我不好。请你原谅。"

　　"你太狠心了。"

　　"我知道事到如今才和你说这些是很残忍的。但我不能不说，因为这些话你越是觉得残忍，就越代表你在乎我。而且如果我再不对你说这些话我就活不下去了。就是说，这次是我在任性。所以请你原谅。"

代助不打自招，他为了满足自我甚至不惜让身边的女性陷入痛苦之中。很明显，他已经超过了个人主义的范畴，堕落到了利己主义之中。

可能是觉得通晓世情的读者对此都能够心领神会吧，漱石并没有在每一部作品之中都像这样将人物细微的心理变化呈现出来。不过我们可以通过《文学论》中关于嫉妒的分析以及

《心》中关于先生对 K 的嫉妒心理的描写等内容进行推论。

漱石对三角关系是这样认识的：

男性未必会"源于自我地"突然喜欢上某位女性。而一旦他人（朋友）喜欢上了这位女性，他反而会重新发现这位女性的可爱之处。为了不让这位女性被夺走，他便会压抑自我的真实感受，爱上这位女性。结果很多时候，这段关系就成了一位女性和两位男性之间的三角关系。

《从此以后》中的代助和《心》中的先生都经历了这样的心路历程，爱上了朋友的女友。《门》中的宗助也曾经勾引过朋友安井的同居女友阿米。

《春分之后》中的市藏则在这个阶段之前就进行了争夺。他一直躲着结婚对象千代子，却十分嫉妒接近千代子的高木。市藏因此遭到了千代子的责问。

到了《行人》中的一郎那里，这种心理则表现得更加病态。他怀疑妻子的忠贞，还为了确定这一点让妻子和弟弟二郎一同到外面过夜。

漱石认为，一个个人主义者对女性的态度能够如实地反映出这个人在本质上究竟是不是一个利己主义者。在作品中，他用三角关系作为过滤器，在个人主义者之中将利己主义者筛了出来。

按照这个思路，以"自我"为主题的四部作品中的主人公全都是利己主义者。在漱石看来，个人主义者很容易就会沦为利己主义者。他在小说中也是这么描写的。

忍耐自我的孤独

平冈到代助家里讲出了代助与三千代的关系，于是代助的父亲和哥哥都同他断绝了关系。为了赚生活费，代助去街上找工作。他眼中的所有事物都变成了红色，燃烧起来。

这就是《从此以后》的结局。就像漱石的预告所说的那样，他并没有写代助"从此以后"的事。

漱石的意思是"之后就凭读者去想象吧"，他的作品一贯如此。

不写出小说的结局未必是因为作者的写作技法拙劣。但有些评论家却没有意识到这一点而傲慢地批评他人，这实际上是大错特错了。

不论是怎样的事情，都不会在某时某地戛然而止。因此时代精神才会进步。漱石相信黑格尔的这一观点。

这就是他的想法。所以漱石自然会认为，在小说中为了讨好读者而刻意去写下一个结局是极其僭越的错误做法。他一直贯彻着这个理念。

重要的是，读完漱石小说的读者就会调动自己的想象力去猜测书中人物将会遇到怎样的故事。能够激发读者的想象力，这正是漱石作品的巨大价值之一。

《门》中的宗助到镰仓的圆觉寺坐禅没有成功，没能彻底参悟，于是回到了家里。小说就在他和妻子阿米的如下对话中结束了。

阿米眉开眼笑地说："真好啊，春天快要来了。"

宗助走到走廊上剪指甲，一边说：

"是啊。不过冬天转眼就又到了。"他垂着头，只顾剪指甲。

《春分之后》的市藏同千代子有缘无分，完全是他的嫉妒心导致的。叔父告诉他，他并非自己母亲的亲生儿子，市藏开始反思自我，说了这样的话：

……听您这么说，我心下明白了，反而觉得安心。已经没什么可怕或不安的事情了。不过我心里反而突然有些空落落的。有些落寞。似乎世界上只有我一个人了。

毕业考试结束之后，市藏为了散心，出门旅行。他在旅途中的信中说，自己已经不再把什么东西都围着自己"盘成一团"，今后要以"光看不想"为目标去"改变"自己。但是，一年之后，他还是完全没有改变。

在被取笑说"你越来越古怪了"时，他便承认了自己的弱点，说"有时候自己也感到讨厌"。

小说将市藏的"改变"放在了最后，而将"越来越古怪"放在了之前。所以当时有很多人煞有介事地批评漱石在结构安排上面出现了混乱。有人认为，这部长篇小说是由几个短篇小说拼接而成，因而造成了漱石的混乱。

但之后这种论调就遭到了否定。漱石并没有"混乱"。证据就是市藏对千代子的态度并没有变化。也就是说，漱石想要表达的是，想改而没有改，这种利己主义的问题常常会这样反复不休。

漱石没有将同样的事重复书写，而是将故事的结尾与故事的开头连接起来——就是说，他展现了一种故事的循环。这样一来，读者们就能意识到故事是没有结束的。把故事放在不同的短篇之中分开讲述的手法让他的这种安排得以成功。

敏锐的读者一定会注意到，将人物的行动颠倒过来写正是作者为了强调而使用的"陌生化"手段。

这种故事的循环（环状结构）可能是漱石从他非常喜欢的斯特恩的《特里斯川·项狄的生平与见解》一书中学来的。出国留学前，漱石还在熊本的时候，曾经说过斯特恩的作品不分首尾，像海参一样。

再将这种表现手法加以变化，就能适用于多种场合了。不仅能够用这种方法让同一人物的行为发生反复，还能够用来表现行动的先后继承。当然，在这种场合下就不一定是单纯的反复了，因为面对同样的问题，后一代人可能会采取同前一代人不同的行动。这样写，就会让读者期待着后一代人在面对同一个问题时交出与前一代人不同的答卷。

在漱石眼里，时代精神就是这样进步的，为了表现这一点，他采用了用几个短篇组成长篇（短篇连叙）的形式。

漱石首先在《春分之后》中试用了这个手法，到了《心》中，他正式使用这一写法，将全篇分为：上、"先生和我"，中、"父母和我"，下、"先生和遗书"三个部分。

对自我的过度关注会让人远离他者，渐渐地，人就会感受到孤独。在"自我"之中，孤独是不可回避的一部分。

第六章　我思之我在何方

孤独的螺旋式下降

有没有能够把人从专注自我所带来的那种痛苦的孤独之中解放出来的良策呢?

依赖于宗教未必有用。《门》之中的宗助就是一个例子。《心》中的K和先生也都自杀了。但自杀也只是让感到孤独的身体和心灵不再工作,和"从孤独之中解放出来"毕竟还是不同的。其他就只有精神失常这一条路了。

关于最后这条路,漱石在《行人》(大正元年十二月六日开始在报纸上连载,大正二年四月七日连载中断,后于同年九月十六日恢复连载,至十一月十五日连载结束)一书中也进行了讨论。接下来笔者就要重点讨论这部作品中与主人公一郎直接相关的内容。也就是除去开头的"朋友"一章,只讨论余下的"哥哥""回来之后"和"尘劳"(中断后补写的章节)等内容。

"行人"是旅人的意思。这部作品通过弟弟二郎对哥哥长野一郎极端自我中心的生活方式的讲述,表现了知识分子的孤独。

但是漱石想表达的最为重要的深意却远远超越了这些内容。它隐隐同现代哲学中的一个深奥的焦点问题"自我与他者的关系问题"——"主体间性问题"相联系（这一点将在后文章节中讨论）。

虽然漱石想尽量避免连载中断这种不太光彩的事，但由于胃溃疡病情恶化，他已经无法继续执笔了。他的胃溃疡为何会恶化呢？

在三年前的"大患"[1]中，漱石的胃大量出血，乃至一度失去意识。而这次，他费尽心力地构思小说的结尾部分，精神衰弱第三次恶化，也让他的胃又遭受了沉重打击。很明显，这部作品中断连载可以说就是创作卡壳导致的。

这部小说让弟弟二郎（作品中的"我"）去讲述主人公一郎的情形，但由弟弟来讲述哥哥病情的这种设定是不成功的。这就是连载中断的原因。

漱石给了哥哥一郎一个将利己主义贯彻到底的人设。对于人际关系、社会事件、文化现象等所有事物，一郎都不相信他人，全都必须要由自己来判断。

---

〔1〕 1910 年 8 月，漱石因胃溃疡到伊豆的修善寺疗养，在那里他胃疾复发，大量吐血，一度病危。

一个极端的事例就是，一郎固执地怀疑妻子阿直与弟弟私通。最后他逼着两个人共度一夜，又让二郎向他汇报结果。正如笔者已经指出的，这正是他的个人主义已经过于激进并且十分病态地质变为彻底的利己主义的证据。

读到这里，读者可能会想，二郎会怎样把什么都没有发生的这个结果向哥哥汇报。实际上，二郎虽然还和兄嫂生活在同一屋檐下，却迟迟没有去汇报，反而开始考虑离开家到外面去住。

可能是因为阿直和二郎都问心无愧，所以没有向一郎汇报；也可能是二郎害怕和一郎发生冲突。在读者看来，这是很难判断的。于是，漱石又写了随着一郎的神经衰弱愈演愈烈，兄弟二人因为一郎的"幻想"而发生的争论（为了突出二郎和一郎的矛盾，这里省去了非对话部分）。

> "我的汇报里绝不会有你所期待的那种奇怪的事。因为你脑子里的那种幻想原本就不是客观存在的。"
>
> "二郎。"
>
> "什么？"
>
> "我不会再问你关于阿直的事了。"

像上一章中提到的代助追求三千代时的那段对话，不是谁都能随随便便写出来的。而上面这一段看似平平无奇，却一针见血地将兄弟间那种无法挽回的矛盾展现了出来。

写出这样的对话也就能够证明，漱石有能力用平实易懂的语句写出在日语中未曾出现过的具有极强思想性的内容。

一郎也意识到了自己的神经衰弱，但他什么都做不了。二郎只能通过一郎的外在表现推测他的精神状态，因为一郎并不会主动表达内心的想法。而且，由于后来一郎的意识变得混乱，他人难以捉摸，二郎便无法继续做他的代言人了。

于是小说的结构便开始凌乱，故事也变得无法继续展开，漱石只好中断连载。

之前他可能就在思考这个问题了。在五个月的休载期中他也在不停地思索，应该怎样让一郎从神经衰弱中解脱出来并且防止它再次发作。

在漱石最初的构思中，这部小说应该在第三部"回来之后"结束。但他决定补写第四部分"尘劳"（由于烦恼而劳心）。

这一部分写的是一郎与朋友 H 一同出门旅行，一郎在雨中飞奔大叫，得到了身体上的解放，然后为了将"我"（自我）从意识中消除，埋头于自然之中。

痛苦的一郎正在努力以自己的力量恢复正常，H 也觉得这个问题应该交给他自己去解决。他将这一经过平淡地写在了寄给二郎的信里。

这样一来，小说的表现形式完全变了，二郎无法成为叙述者的难题也随之消解了。第四部分变成了一种舒缓而富有同情的询问式文体，同第三部分"回来之后"中那种尖锐的调查式对话与心理描写形成了鲜明的对比。小说并没有把读者带入一种高潮式情绪，反而将之导入了卡塔西斯效果（由某种发现而带来的逆转、解放、净化的效果）。

漱石终于找到了从"自我"的那种令人嫌恶的螺旋（盘卷）式下降中解脱的方法，那就是——他已经在《门》的结尾部分，在宗助与阿米在走廊上的对话中直接写出来了——"看护"。就像这个词的字面意思，看守、保护。

这必然是由于漱石在"大患"中得到了周围的人热情的看护，他感受颇深，故而得出这个结论。就连一向觉得自己已经足够强大、从不落于人后的漱石也终于让步了。这才是最为切实的"从此以后"——一个未完的结论。

我思之我在何方

在写作《行人》的四年前，漱石还在为创作《三四郎》做准备的时候，明治四十一年七月三十日，他在给铃木三重吉的信中写了这样的话：

好不容易忍着冷水冲凉，身体虽然立刻降下温来，神志却反而变得不清楚了。由于读了厄德曼写的康德哲学研究的书，头脑都变得很奇怪。我很想变为 transcendental I。

这是漱石神经衰弱再次发作的危险信号。严重程度已经超过对酷暑和难以理解的康德哲学进行的抱怨了。

漱石至少有过三次严重的神经衰弱。第一次是在明治二十七年（一八九四）到明治二十八年，原因是他找不到汉文学与英国文学之间的平衡点。

第二次是在明治三十四年到明治三十七年（一九○四），他在为"何为文学，文学因何而存在"（《文学论》）的问题而苦恼。

第三次在《三四郎》的准备阶段有所征兆，随着漱石相继创作《从此以后》《门》《春分之后》而渐渐出现症状，最终在写作《行人》时暴发。时间是从明治四十五年（一九一二）到大正三年（一九一四）。其原因是漱石围绕着"自我"问题，对于人际关系与意识状态的关系思考得过于深入。

在创作小说之前，他的创作欲与构思不断膨胀，这就让许多表征（言语、印象、声音等）在意识之中激烈交锋，最终，就会有种意识难以统御这些表征的无力感。由于关注意识而导致神经衰弱，又因为神经衰弱而控制不住地愈加关注意识，正是这样的恶性循环导致了漱石的痼疾。

那么，漱石在信中说想成为的"transcendental I"又是什么呢？

它的意思是"超越论的我"[1]。在"我"的表述上，漱石使用了英语的"I"而非德语的"Ich"。就这一点来看，如果认为这个译法是出自某本研究或解说康德《纯粹理性批判》的英文书的话，这一类书实在太多，我们就难以确定它出自哪一本了。但如果是漱石本人考虑到不懂德语的人而自行将原著中的 Ich 翻译成 I 的话，那么他对于这个名词的理解应该是来自班诺·厄德曼（Benno Erdmann，一八五一——一九二一）的著作。

如果第二种假设成立，漱石所读的应该是厄德曼所著的《纯粹理性批判初版与第二版之中康德的批判主义》（*Kant's Kriticismus in der ersten und in der zweiten Auflage der Kritik der reinen Vernunft*, 1878. 此书未见于日本东北大学"漱石文库"，后于一九七三年再版）一书。

实际上，漱石同这个难题的斗争——尽管只是由于不熟悉它，所以觉得"难"——也许不是第一次。

---

[1] 作者在这里使用"超越论的我"（超越論的な私）一词对漱石信中提到的
　　"transcendental I"（トランセンデンタル・アイ）进行理解。根据文意，
　　文中的"超越论的我"并非指康德哲学中的"先验自我"（transcendental
　　ego），而是比较接近笛卡尔的"我思"概念。后文中的"统觉"亦如此。

因为明治二十九年出版的清野勉所著的《韩图纯理批判解说》（韩图即康德）的最后一章中，从第三四五页开始，就对这个问题进行了十分详细的介绍。不过，我们不能确定漱石有没有读过。

为了方便现代读者理解，对比康德《纯粹理性批判》原著，所谓"超越论的我"应该等同于原著中统摄意识的"统觉"（并非脑部某个部位的名字）这一纯粹概念。

于是漱石想要成为它，希望能够以之对自己的意识进行统摄，从而解决导致自己神经衰弱的意识错乱问题，便发出了那样悲痛的呐喊。

但这是可能的吗？笔者先在这里给出答案：不可能。因为"统觉"并非一个存在的实体。

不与经验性的事实相关而仅仅是对一些概念进行组合——比如将心看作不变的实体[1]，认为它与外在对象相关又处于"统觉"的支配之下的这类观点——的"理性心理学"，其对"心"的讨论无一例外是错误的。这是康德的结论。

康德将之称为"谬误推理"（paralogisms），它是无法避免的。康德这样说：

---

[1] 即笛卡尔所谓的"心灵实体"。

它不是人的诡辩，而是纯粹理性本身的诡辩，就连最聪明的人都无法避免它，虽然有可能通过各种努力防止谬误的发生，却绝不能够完全摆脱这种不停嘲弄他的幻象。

人们往往倾向于认为"我思之我"是实存的，而这里后一个"我"就是"超越论的我"。人们会下意识地去思考"我思之我"——康德提醒我们，即便是头脑聪明的人也可能会犯这种错误。

漱石也犯了同样的错误吗？实际上漱石明白，以"超越论的我"去代替自我是不可能的。但即使如此，如果它是可能的，漱石还是想要变成它——想要超越"我"。他的愿望就是这样强烈。

因为在厄德曼的书里对《纯粹理性批判》的初版和第二版中的相关内容进行了校订，同时确认了这两个版本中关于"理性心理学的谬误推理"的相关观点没有更改，也就是说康德认为"超越论的我"不可能、无意义的这一结论并没有变。

厄德曼为了便于读者理解他的校订工作，使用了两个新的词"超越论的我"（transzendentale Ich）和"逻辑的我"（logisch Ich）进行区分（重印本第五十三页）。漱石所提及的"超越论的我"的出处无疑在此。

按照"理性心理学"的观点，讨论"超越论的我"的一个大前提是承认它是一个无法继续上溯的概念（由于其并非经验性概念，故此称之为范畴）。所谓"超越论"是在这个意义上而言的。与之相对地，在意识之中的表征，也就是被认为能够成为客体的"我"，由于它是一个从范畴之中被演绎派生出的逻辑概念，故此名之为"逻辑的我"。

厄德曼认为"我自身""超越论的我"与"逻辑的我"三者之间的关系是："我自身"通过"逻辑的我"朝着"超越论的我"前进。"逻辑的我"与"超越论的我"在超越论中是客体与主体的关系，它们的真面目都难以探究。它们都是纯粹理性思考的产物，并非实存的。

简单来说，这一类讨论不过是笛卡尔式身心二元论的一种变形。

再多说一句，黑格尔的"自由精神的进步"原理原本就是为了克服身心二元论的。结合这一点来看漱石思想的挣扎，可能会感觉更加贴近一些。

站在"主体间性"的门口

稍微对康德哲学有点了解的人都知道"二律背反"。不过说起"理性心理学"的"谬误推理"的话，可能知道的就不多了。

关于二律背反，我们可以通过"'宇宙的时空是无限的'与'宇宙的时空是有限的'二者都成立"或"'宇宙是自由的'与'宇宙的一切都是必然的'二者都成立"这样的例子去理解。

而关于"谬误推理"的论述并不是康德批判体系的主干，就是说，康德只是将之作为一个"例外"看待。所以读者可能对于康德在哪里论述过这个问题都不太清楚。实际上，对这个问题的详细论述就在二律背反问题的相邻章节之中。

漱石对"自我"问题的思考深入到什么地步呢？他对"超越论的我"的讨论就是一例。这个问题已经被思考到了极限，无法继续再往前推进了。

我们必须承认，漱石的所思所写都是思想的深层内容，总体而言，他的态度是十分审慎的。

他不信任他人，只想凭自己的力量去检验自己所想是否正确，于是他不断追问自己。而检验自己的那个自己却又成了一种需要被检验的"所想"。在自我之中的这一循环便无限地继续下去，永无停日。

这就像是在虚无之中追求虚无、在假象之中追求假象、在幻影之中追求幻影一样。

人们在日常生活中也会常常随意说起"自我意识"或是"利己主义"之类的词，但没有人会像漱石一样以某种理论为根据去思考这些问题。

而早在写作《我是猫》等作品的时候，漱石就让作品中的人物说出了"如果只追求利己主义的话是无法在社会上立足的"这样的话。

那么，我们应该如何看待"自我"呢？现在人们认为，主观并非孤立存在的，而是通过与他者的主观进行交流，让他者与自我共同活动。这种观点被称为"主体间性"（intersubjectivity）。

具体来说，就是周遭之人对我的感觉、和我说的话、对我做出的行为乃至社会上关于我的流言与评价等共同塑造了"我"的形象。"我"是在一种相互关系之中——总会有"周遭"的介入——叠加而成的。

按照这一观点，独立个别的自我是不存在的，自我只存在于相互关系之中。

我们在漱石塑造人物的手法（特别是在描写"自我"的时候）之中就能够发现这种倾向。前文中提及的"使用三角关系来塑造利己主义者形象"的手法就是如此。更为典型的是在《行人》之中通过 H 的信——也就是以"一郎的行动与 H 的关系"的形式告知二郎——将一郎的症状传达给读者。连载中断以后，漱石的表现手法为之一变。

再多说几句。在旅途中，一郎的形象是通过 H 的塑造而存在的。这种表现手法的变更既可以解释为是由于漱石透彻地认识到"主体间性"的结果，也可以认为是漱石为了让读者也感受到它而故意采取的手段。

在学习院的演讲《我的个人主义》临近结论的部分，漱石这样阐述对利己与利他进行折中的必要性：

正如我之前说的，个人自由在个性发展中是极为必要的，这个个性发展又与各位的幸福紧密相关。只要不影响到他人，即使是我朝左走、你朝右走都无妨，我觉得这种自由由自己掌握就好，不必附和他人。这便是我所谓的个人主义。在金钱和权力方面也是如此，像因为不喜欢一个人就把他杀掉，或是因为一个人不合自己的脾性就要打倒他，明明对方没做什么坏事，但我却滥用金钱和权力做这种事，如何？这不仅完全破坏了人的个性，同时，人世间的不幸也由此而起。假设我没有任何不端的行为，仅仅是对政府不满，于是警视总监就派警察把我家包围起来，这样如何呢？可能警视总监确实有这种权力，但道义不会允许他在这种情况下使用它。再有，像三井或岩崎这种大财阀因为讨厌我就去收买我家的用人，让他们事事同我作对，这又如何呢？倘若金钱背后的人多少还保有一些人格，他们就绝不会做出这样无法无天的行径来。

这种弊端的原因在于这些人没能理解道义上的个人

主义。所以他们才会以一已之私，凭借着权力或是财力把自己的想法强加到他人身上。所以个人主义，我这里所说的个人主义，绝不是像俗人想象的那样会给国家造成危害。它尊重他者的存在，同时也尊重自己的存在，这就是我对它的解释，所以我认为它是个很好的主义。

应该留意，漱石这种对权力和金钱滥用的彻底批判是在"大逆事件"（将在下一章论及）之后，同时也是在写完《心》之后。他借助普遍道德式的规劝，把一些不能写出来的观点讲了出来。

而涉及"自我"的社会性，换句话说就是主体间性的问题，按当时来说漱石已经思考到最前沿的程度了。但实际上，在社会性实践的层面来说，他必须要考虑将之缓和到一种比较稳妥的程度，比如采取折中利己与利他的方式进行妥协。

当时的世界正处于对个性强调的上升期，类似"我思之我"不存在和可能会被曲解为自我否定的主体间性的问题，即便漱石已经关注到了，他也不得不捺下性子，不能去急急火火地讲出它们。于是他只好点到为止。

在一个合理的范围内将精深的思索付诸实践，这便是漱石之"心"。它同样也是明治时代精神的精华所在。

而平成时代的时代精神正好相反。官方也好，企业也好，学术界也好，都只能进行一些肤浅的思考，还不惜践踏理性，要将这些想法付诸实践。

晚年的哲学经历

明治四十三年（一九一〇）八月的"大患"之后，漱石上午执笔写作，下午则转换心情创作汉诗。人们往往很重视漱石的汉诗，而与之同等重要的，是他还在继续的对哲学的阅读和思考。

读到提倡实用主义的心理学家、哲学家威廉·詹姆斯（William James，一八四二——九一〇）和法国哲学家亨利·柏格森（Henri Bergson，一八五九——九四一）的新作时，漱石非常开心。他热情地写道：

（詹姆斯的）《多元的宇宙》一书剩下的约一半内容，我用了差不多三天就兴味盎然地读完了。……我感觉，自己平素在文学上的见解同教授的哲学主张气脉相通、相辅相成，很开心。尤其是介绍法兰西学者柏格森的学说的部分就像在下坡路上开车一样顺畅，激活了我这血脉不通的头脑。我的兴奋之情简直难以言表。（《回忆的事　三》明治四十三年十一月八日）

为了一探漱石对这本书的看法，我们就来简单梳理一下他从詹姆斯和柏格森的学说中汲取了哪些观点。

"时代精神"作为漱石的主要思想，其理论基础便是黑格尔的辩证法。詹姆斯在《多元的宇宙》（一九〇九）的第三讲"黑格尔及其方法"中也解释了正题之中包孕着反题与合题的理论。漱石认为这本书中的观点与自己的分析和主张相一致，觉得詹姆斯深合己意。

然后，漱石从柏格森在《时间与自由意志》（一八八九）一书中提出的"绵延"概念中领悟到，"存在"（being）是不断"生成"（becoming）的。他觉得，这一观念对于自己多年以来思考的根基（辩证法）是一种支持。

"黑格尔及其方法"一章中的这一段内容很可能吸引了漱石的注意，并且成为他理解主体间性的桥梁：

> 我们在思考一个存在者 A 和另一个存在者 B 时，最初是将 B 定义为"他者"的。但对于 B 来说，A 同样也是他者。在相同的思路中，二者都是他者。"他者"是自为的他者，因此就是一切他者的他者。故此"他者"是自者的他者，是全然与自者相区别之物，是自者否定之物，也是自者变革之物。（黑格尔《大逻辑》第一卷

第二章 B〔a〕)[1]

詹姆斯提出，基于两个要素的变化（二元论）就能自然地导出主体间性的观念，漱石对此应该也是大为赞同的。

漱石应东京高等工业学校文艺部之邀，于大正三年一月十七日做了一场关于文学的方法和法则的演讲。他在演讲中谈到了"赋予作品深度的是什么"这个颇有意味的话题，并指出这个问题的答案在 personality（作家的个性，笔者注）的深层。漱石说：

> ……并非别人看了作者自己随性而写的草稿后给它一个 philosophical（哲学的）的解释，这时作者才领悟到从这篇作品中总结出来的某种法则，然后继续丰富这篇作品。有时候我们确实需要法则。为什么需要呢，是因为作品的 depth（深度）是得益于它。各位（工科生）的法则是 universal（普遍的）之物，而我们的 law（法则）则在于 personality 的深处。所以说，当阅读作品的

---

[1] 对照黑格尔《逻辑学》(《大逻辑》) 的中文译本（杨一之译，商务印书馆，2001，第 111 页），这段文字略去了很多论证内容。因为作者没有交代原因及其参考的版本，故直译于此。

读者之间存在某种有联系的共通之物时，那里便出现了
abstract（抽象的）的 law。

　　当时的听众是否能够理解这些还有疑问（速记的内容也可
能不完整）。如果用相对更加顺畅的表达，这段内容就是在说：
"阅读作品的读者出现共鸣就是文学的法则在起作用。不过这
个法则并不是普遍性的，而是个性的。正是它赋予了作品深度。"
　　这段演讲的背景是两年半之前的明治四十四年（一九一一）
六月，漱石读了柏格森《时间与自由意志》一书的第一章"关
于心理状态的强度"。柏格森在这一章中这样讲：

　　　　……与其说艺术作品的价值在于其暗示的情感所具
　　有的俘获我们内心的力量，不如说其价值在于这种情感
　　本身的丰富程度。……艺术家的目标是将这种非常丰富
　　的、个人性的、新奇的情绪传达给我们，又让我们体验
　　到那些他无法让我们理解的东西。（在此略去了论证部分，
　　只罗列结论）

　　漱石为美国与法国的新的哲学思想所吸引，而另一方面，鉴
于普鲁士军国主义的抬头，他在去世同年发表的《点头录　六》
（大正五年一月十七日）中严厉地批判了德国观念论哲学：

德国的观念论本来就是关于观念的科学，其观念中包含着很多情感成分。按其表述，它并非单纯的冥想或思索，只要条件允许，无论任何时候都可能会转化为实践，不仅如此，有时甚至还会富有侵略性。它就是这种凶恶之物。观念论若是得到舆论的支持，一旦发现"主客观一致"这个武器，就会破坏外界与内界的墙壁，从而无止境地吞噬一切。观念论之中渐渐产生了让人始料未及的物质主义。这是这个最初与世无争的、默默无闻的哲学势必陷入的结局。

历史正如这段话所言，二十年后，德国和日本便鼓吹起了向法西斯献身的哲学。漱石竟然已经预见到了这一点。

在实验小说中系统性地验证《文学论》

漱石在《文学论》中讲"将（文学）理论的基础置于科学认识（knowledge）之中"。这是什么意思呢？

在前文引用的例文中，漱石谈到了文学与科学（工学）方法的差异。既然如此，我们还能说"把文学理论的基础置于科学认识之中"吗？

答案是：可以。原因就是漱石的立"论"方法使用了与科学同样的结构。因为"论"就是对认识的总结，只要打通了立"论"的方法，那么认识也就随之而通了。在这个意义上，是可以说"把文学理论的基础置于科学认识之中"的。

科学理论通常与是否已经有了相关的发现、发明无关，理论提出的时候首先要设定一个前提（公理），然后以演绎的方式将之展开，再导入定理和法则。用这种方式对现象进行说明或预测，如果结果与现象一致得到验证的话，就可以认为前提是合理的。这个理论体系在被其他理论否定之前都可以被视为正确的。

漱石在《文学论》中设定的前提则是："文学的内容是意志中的观念或印象和与之相伴随的情绪的结合（F+f）。"

而每个作品的创作过程就相当于对这一前提进行演绎式的展开。与科学不同，追求普遍性的通用的定理或法则并非文学的主旨。文学的目标是个性的作品。

对作品的阅读就相当于"验证"。阅读作品对读者而言是一种对自身感知方式或生存方式的模拟。如果最后读者收获了感动，那就证明作品的前提和展开都是合理的。

但作为前提的观念或印象并非像科学中那样是一种普遍的、固定的、可以再现的东西，而是个别的、可变的、一次性的。对前提的展开（对人物行动或心理的描写）同样也不是定型化的，更不用说情绪了，它依存于读者，是更加多样的。

优秀的小说（fiction）作家即便对这一点没有清晰的认识，但其创作大体上还是会遵循这样的流程。是漱石将这一理论明晰地阐述了出来。

在文学中，如果前提的展开是多样的，那么作品自然也是多样的。这就是说，每当创作一部新作品时，都是一次改换结构或表达的实验。如果作者有这个自觉的话，那其作品就成了"实验小说"。新的实验是在前一次实验结果的基础上被连续不断地筹划出来的。

在漱石而言，虽然有时顺序不同，有时比较粗略，但总归是顺着这样的思路不断摸索的。

漱石从"忠实于自己的 F+f"这一前提出发，结合自身的情况，进入了"什么是自己（主观）"这一问题的探索。从《从此以后》到《行人》，漱石渐渐地走近了主体间性这一概念。

在这条主流之中，漱石又上溯到了例如游民的登场、嫉妒心理、个人主义与利己主义的差异、利己与利他的折中等支流。

同样是从"忠实于自己的 F+f"这一前提出发，将之与社会情况相结合，漱石便写下了批判当权者的《少爷》，尔后又着手解决思想问题，最后将作品的主题发展到了对时代精神的探求与评价之上。

关于其中最重要的两个大主题——漱石自然是在《心》之中对其进行了探究。

第七章 《心》的阅读法

日本近代文学的代表作

有读者才有作品。按照这条不容置疑的观点，也就是说，按照阅读时间和总读者数的标准来看，夏目漱石的《心》无疑可称是日本近代文学的代表作。

这部作品于大正三年四月至八月在《朝日新闻》上连载。后续工作也很顺利，同年九月，岩波书店便出版了它的第一版单行本。据推算，一个多世纪以来——虽然主要是文库本——《心》的累计出版发行量已经达到七百万部以上。

为何它如此畅销呢？是因为被选入了高中语文课本吗？这可能是一个原因。但在这之前，它已经很畅销了。而且被选入教科书之后，可能有些成绩不好的人会一直对它有心理阴影，反而更加敬而远之了。

人们对《心》的阅读兴趣一直不减，其实是因为从中能够得到某些"意外之喜"。总之，读这本书的人会不知不觉地学到一些对每个人的生存而言都十分必要的基本知识：第一是应对陌生人的方式；第二是了解不同社会的方法；第三是在应对世间的变化时，寻找自身态度的方法。

这部小说由三个篇章构成，分别是：上、"先生和我"，中、"父母和我"，下、"先生和遗书"。不同篇章根据故事的不同，主要的呈现方式（认识形式）也不一样。

首先在上篇中，读者会被如此"影响"：接近一位重要人物的方式是对其行为的仿效以及与之一起行动和体验。

当然漱石并不是有意地在写行动指南（manual）。小说中的主人公"我"通过帮"先生"捡眼镜而接近了他，"先生"不在家的时候便去他的所在之处去找他。先生散步他也跟着，去茶馆也跟着，吃饭也一起吃，一些很微小的思想问题也会去请教先生，最后他成了先生遗书的接受人。

小说的这一部分从始至终都写得像是现实生活一样，把最细致入微的地方都表达得淋漓尽致。由于这些内容的现实感十分到位，所以读者便足以在其中悟到一些能够应用于现实生活的启示。相信一定有些人是如此阅读《心》的。

之后，在小说的中篇"父母和我"中，作者从各个方面将东京与"我"的故乡的生活差异进行了比较。其中以出于"道义""礼法"而赞叹乃木将军[1]之殉死的"我"的父亲为典型

---

〔1〕 乃木希典（1849—1912），日本陆军大将，明治天皇去世后自杀殉死。

形象，映射出了家乡的风俗、思考方式以及社会情形等。

　　了解他人就去模仿，而了解一个社会，比较是首要的方法。

　　接下来的下篇"先生和遗书"则主要使用心理描写的手法，现实中的读者们便会更加关心登场人物面对突发事件时是如何选择应对方式的。

　　一个众所周知的情节就是先生被嫉妒心所驱使，为了让自己的情敌、朋友 K 在这段关系中退出，故意逼问对方的部分。先生精心谋划、选择了 K 的座右铭来攻击他，让他陷入了自我矛盾的窘境之中，最终自杀了。

　　这句话就是"在精神上没有上进心的人就是蠢材"。而可怕的是，这句话不仅改变了当事人的命运，也改变了周遭人物的命运。

　　以"模仿行动"为基础的"先生和我"；以"比较行动"为主线的"父母和我"；以及以"选择行动"为推动力的"先生和遗书"——漱石采取这样的三段结构，原因是什么呢？

　　这是漱石为了能够清晰地描绘个人、家族、地域社会、国家、世界等众多极其复杂的对象之间的关系，于是便将要求降到最低，力图用最少必要元素（minimum essential）将之表现出来。

　　要进行深入的思考，首先必须将事情还原为最少必要元素。漱石很喜欢还原（reduce）这个词。太过于面面俱到往往会让思考难以深入下去。

　　而在"还原"之前，甚至是在解决"了解什么"（存在）之前，首先要确定的问题是"要怎么去了解"（认识）。为了让读者能够清楚地把握自己的想法，相关的阐释中不能出现逻辑问题。这完全是由于漱石喜好哲学，故而才能做到如此严谨。

　　读完整部小说以后，在开始思索更高层级的主题之前，再重新返回开头数页时——无论读者年龄的长幼，他越是贴近生活，就越能从小说中的三个基本认知行动（模仿、比较、选择）的具体事例之中体味、汲取丰富的人生养料。

　　读者能够如此阅读，或者说，读者在无意识中会渐渐地按照这样的方法去阅读它——这大概就是《心》能够一直畅销的秘密吧。也就是说，《心》能够长期畅销，是因为它是一部"人间教科书"。当然也可以说它是一部略有变体的"教养小说"（成长小说）。

　　以上是这部作品的第一条特质。它的第二条特质则是《心》有成为世界级畅销书的一些条件。

　　顺带说一下，萨默塞特·毛姆（他本人的作品就颇为畅销）曾总结过畅销书的九个条件。（《附录　畅销书的条件》，《读书指南——世界文学》[1]，岩波文库）

　　（1）吸引读者的故事性，（2）融入作者自身生活意图的

---

[1] 原题为 *Books and You*。

人物,(3)围绕世间关心的主题——生死、善恶、爱憎、野心、金钱欲望等,(4)作者独特的见解,(5)纯粹的技巧,(6)不以思想见长,(7)观察力,(8)作者完全融入书中人物,(9)作者以自我为中心。

《心》几乎满足毛姆所列出的所有条件,简直让人觉得这些条件是毛姆以《心》为基准总结出来的——除了"(6)不以思想见长"。实际上,在《心》中,思想与哲学是最大的主题。这正是《心》的第三个特质。当然,如果没有领会到这一点,那就算不得读过了《心》。

描写嫉妒的心理小说之最

虽说读者都只是在阅读作品的时候体味作品中的那种微妙的心理波动,不过,如果想要读出符合漱石期待的"意味",那就要特别注意漱石的独特写作手法——他创造性地充分发挥出了"嫉妒"这种心理状态的特质。

"嫉妒"也是漱石长久以来思考的主题。从明治三十九年一月起,漱石在东京帝国大学讲评莎士比亚的《奥赛罗》,总共十个月(包括暑假)。从此时起,到他在《心》中正式将"嫉妒"作为对象进行写作,前后经历了近八年的思考。

如果说《少爷》的写作是漱石无意中对《哈姆雷特》进行

了戏仿，那么《心》就是漱石有意识地对《奥赛罗》进行的戏仿创作。

最终漱石的目标达成了吗？在笔者看来，虽然经过了百年的时间，但对《心》的评价才刚刚步入正轨。关于这一点，笔者将在后文分析大江健三郎的《水死》（二〇〇九）时进行论述。

关于漱石在东大讲评《奥赛罗》时谈论的主要问题，根据野上丰一郎和小宫丰隆的课堂笔记可知有以下几点。

（1）嫉妒是任何时候都有必要书写的有趣题材；（2）让主人公奥赛罗陷入嫉妒的配角伊阿古是个彻底的坏人（"像没有任何杂质的白砂糖一样的坏人"）；（3）因为一些小事，任何人都可能性情大变成为坏人（"红糖一样的坏人"）；（4）总体来看，《奥赛罗》中对嫉妒的表现，技巧十分高明，但结尾却令人"不愉快"。可以看出，漱石的思路十分清晰。

在讲评《奥赛罗》之前，漱石在明治三十六年到三十八年曾开设《文学论》的课程，讲义经补写后于明治四十年出版。书中强调嫉妒是一种"复合情绪"，并进行了单独讨论。（这一见解来自漱石在伦敦读过的里博的《感情的心理学》一书。）

嫉妒是从"被爱"到"不被爱"再到"所爱之人被夺走"，也就是从"恋慕"到"丧失或被剥夺权力"再到"愤怒"——

它要经历"喜悦""悲伤""愤怒"三个阶段，发生一百八十度的质变。故此漱石才称之为"复合情绪"。

它同那些一贯的、性质不发生改变的、仅仅发生强弱上的量变的情绪之间存在很大的差异。漱石正是注意到了嫉妒中的质的变化，因而在《文学论》中也对其进行了单独讨论。

正如各种势力在世间的竞争一样，某方势力想要占据优势，整体的形势就会发生变化——这是世间的"常变"（辩证法式的变化）。但究其根据，这种变化并非由外力引起，它只可能是由内在的志向、人心的变化而引发。漱石正是以此为例去理解嫉妒的。

当读者了解了这样的视角之后，或者说通过这种方式进行解读之后，就会发现自己对《心》的理解立刻变得深入了吧。这是漱石的"创造性"的第一个内容。

尽管《奥赛罗》是一部非常出色的喜剧，但漱石还是对其中"被伊阿古挑唆而产生嫉妒"的设定有所不满。

谁都会因为一些小事而发生改变，小的改变渐渐扩大，最后会让整个世界发生剧变。这种辩证法式的变化即便最初确实存在他人影响的因素，但最终还是要以自身内部发生决定性的变化为前提。如果这种结局不是由量变渐渐积累而成的话，那就是不合逻辑的。

于是漱石想到了这样的设定：削减登场人物的数量，让其中一个人出于自己心中的猜忌而产生嫉妒心理，这种嫉妒心不断燃烧，最终让他逼迫自己嫉妒的对象自杀。在两名男性角色之间，再设置一位引导二人发生互动的女性，这样就万事俱备了。

在《心》之中，先生、友人 K 以及名叫"静"的"小姐"这三人形成了一个最少必要人数的组合，其间，发生了各种关系和情况。可以推断，漱石早就完成了这个结构的设想。其证据就是，我们在漱石执笔写作《心》的八年之前，即明治三十九年写下的"断片"中发现了一幅手绘的结构示意图。

漱石在其他作品中也将这种形式的人物组合作为类型（pattern），加以修饰运用。《心》之中也是一样，漱石将"伊阿古"这类人物排除在外了。这正是得益于漱石在技法上的创造性——与其将之视为他独特的感性式的创造，说是他理性式的创造更加贴切。

在戏剧这种形式中，虽然也能表现奥赛罗的内心，但如果反复使用独白的形式，总会显得有些不自然。正是出于这个原因，伊阿古才作为一个点燃他内心嫉妒之火并不断添油加醋的必要角色登场，以便将奥赛罗内心变化的过程告知观众。

相对地，如果使用小说这种能够将意识的变化生动地描写出来的文体，那么伊阿古这个角色的有无就无关紧要了。这就是"创造性"的第二个内容。

从这一设定上我们就能看到漱石那种精细缜密的心思。而且，无论是在伦理上还是在逻辑上，漱石都十分认真且坚定地去做了。如果不这样的话，恐怕有"精神洁癖"的他会难以安心吧。

《心》之中"创造性"的第三个内容正是毛姆所说的畅销书的第七个条件："观察力"。

在上篇"先生和我"的开头部分，有这样的情节：我追随先生到杂司谷墓地，在那里看到了各式各样的墓碑（包括外国人的），并同先生交谈。

这一段记述脱胎于漱石在执笔写作《心》的一年零五个月前到墓地凭吊女儿雏子时留下的印象（参见大正元年十一月二十九日的日记）。

漱石在凭吊女儿时看到的那些墓碑的形象，随着他的各种意识（观念或印象以及与之相伴随的情绪）的流动，在时间和空间中延展开来，最后在他的手中化作对世界样态的隐喻（metaphor）。

自然，在背后支撑这些印象和隐喻的，正是《文学论》中的那张用分形（fractal）的 F+f 的集合表示时代精神的图。将具体的印象加诸其上，就能让读者更加简单地把握这些抽象高深的理念。

总体来说，漱石心理描写的特点就是：对读者来说，它是一种"对结果的更加直接的描写"。

漱石并不是通过全知视角对第三者的心理进行外部描写。他没有让读者通过"他"或"她"的言行举止去不断揣测这个人物的心理活动。

在《心》之中，漱石使用了更加接近读者的第一人称"我"（读者的代理人），这个"我"可以直接与对象人物（第三者）进行互动，互动的反应则以"我"内心意识活动的形式，将第三者的心理状态告知读者。

这样一来，读者在阅读时便犹如亲身体验了登场人物的心理活动一般。读者与人物的心理活动之间的距离被缩短了。

所以我们可以认为，《心》中的"我"就是一个被精心安排的、促使先生写下自白式遗书的人，遗书也采用了"我"（即读者）亲自阅读的形式表现出来。

在此基础上，先生被嫉妒渐渐吞噬的过程则以复合心理的阶段变化为基准，通过先生的突发性行动来准确地表现每个变化的节点。比如，当先生遇到友人与小姐共处一室或是同行时会采取怎样的行动——读者能体会到一种身临其境的紧迫感。

漱石如此细致地推敲《心》的描写手法，让这部作品成为一部最好的心理小说。或者说，《心》足以成为心理描写小说的标杆。

不过我们也不应该忽视前文所讲的登场人物的结构、隐喻的使用之类漱石独有的、细致而密集的辅助性创意。

此外笔者还要强调的是，小说中的心理描写并不仅仅是以描写个人为目标的，它同时也是为了描写由个人集合而成的社会，以及由自然与社会构成的世界。这也是漱石的基本态度。

而漱石紧紧抓着嫉妒这种情绪不放，可能也是因为觉得那些由于告密、派系斗争而最终陷入焦头烂额境地的组织或个人，其经历同"嫉妒"是有类似之处的吧。漱石可能觉得自己的写作对日本社会长期以来的那个令人唾弃的体制（日本旧陆军就是一个典型）也是一种讽刺吧。这大概也是他进行创作的动机之一。

高等游民的"思想问题"

小说的情节未必会按单线发展。《我是猫》中就有多线叙事，也有乱叙。《少爷》中通过地方城市的情形讽刺中央政府，也算是一种多线叙事。

在英国文学中也有这样的例子。斯威夫特的《格列佛游记》由四部分组成，其中第三部分就讽刺了当时的科学界，特别是牛顿允许爱尔兰流通劣币[1]的事。更近一些的事例是阿道司·赫

---

〔1〕 牛顿曾任英国皇家铸币厂监管。

胥黎在《旋律的配合》[1]（一九二八）中化用乐圣巴赫的"对位法"[2]，让众多人物在作品中登场，通过复杂的结构揭露了当时的社会与政治对人的价值观造成的多种影响。

如果想描写的对象不仅仅是人，还包括作为背景的社会的话，那么采取单线叙事恐怕是力有不逮的。

《心》这部作品至少涵盖了四重意义：首先是前文所讲的，它是一部成长小说（教养小说），又是一部心理小说；接下来笔者将谈到，它是一部社会小说，也是一部哲学小说。它具备更加丰富的可能性。

笔者这样解读并不是要割裂小说主题。相反，我们应该更加积极地去从这四条脉络中寻找一个更加宏阔的主题：时代精神的变迁。

一部可以循四条脉络阅读，而且还反复被阅读的小说是难得一见的。而且，它的伦理性和艺术性都很高。这就是《心》的真正价值。

那么，社会小说的性质是怎么体现出来的呢？在下篇"先生和遗书"的第七个自然段中，一向很少在作品中直接表达主旨的漱石让先生说了这样的话（但说出这段话的人终归是虚构

---

〔1〕 原题 *Point Counter Point*，日语译名为"恋の对位法"。
〔2〕 使两条或者更多条相互独立的旋律同时发声并且彼此融洽的作曲技法。

的人物，并非漱石借小说人物之口讲出自己的所思所想）：

> 还记得你常和我讨论关于当代的思想问题吧。你也
> 应该明白我的态度吧。虽说我从没有轻视你的想法，但
> 也没有多尊重。因为，你的想法没有什么背景，虽说有
> 过一些经历，但你还是太过年轻。……而你居然逼得我
> 不得不把自己的过去像画卷一样在你面前展开了。这时
> 我的内心才开始对你尊敬起来。因为你让我看到了你那
> 毫无顾虑地要从我的身体里抓住一种鲜活之物的决心。

只要阅读时没有跳过这一段，所有读者都会认同《心》同时也是一部社会小说。

所谓思想问题，其根基实际上是伦理问题。被卷入这一问题的阶层便是所谓的"高等游民"。漱石让读者去考虑这些人所遭遇的问题并寻求解答。

所谓"高等游民"，就是经济条件不差、没有固定工作，同时享受着自由立场的知识分子。在《心》的中篇里，漱石简单地描写了以先生和"我"为典型的"高等游民"的经济情况：地主家庭的二儿子或三儿子去往东京游学，也正因为这一情况，家族制度在他们身上渐渐松弛无力并最终崩塌了。

漱石最早使用"高等游民"是在《春分之后》（明治

四十五年一月至四月连载）中。而同一年的二月，《新潮》杂志推出了"所谓高等游民问题"的特辑。

实际上，在此之前，明治四十三年七月号的《日本及日本人》（一个保守派评论杂志）就曾以"学士增加与社会进步"为题，议论道：

> 东大法科大学毕业生约三千四百人，职业未定或不详的人加上研究生共有九百人（笔者注：约占毕业生的27%）……拥有高等知识却无法就业，亦无法抒发心中不平，还无法避免地被自然主义、社会主义乃至无政府主义感染。

从这里来看，所谓"思想问题"指的是什么呢？明治时代的政治体制实际上并非立宪政体。因为当时并非依法治国，而是打着天皇旗号的寡头政治。一切并没有建立在制度之上，而是建立在了天皇、"国体也就是思想（思考一切事物的出发点）"这一观念之上。于是，除了凭"忠孝"维护国体之外，任何思想都不被允许存在。

因此，虽然这是十分不正常的现象，但"思想问题"——就是说，除了维护国家之外的包括自然主义、社会主义、无政府主义等在内的"危险思想"都是"问题"——一旦显露苗头，当局便会立即行动，将之扼杀在摇篮之中。这就是当时的一大社会问题。

对"大逆事件"的隐晦控诉

在上述《日本及日本人》中的那篇报道刊登之前，明治四十三年五月二十五日，宫下太吉因携带炸弹遭到逮捕。当月月末，检事总长以"大逆罪"（危害或企图危害皇族之人的罪行，犯此罪者会被判处死刑）的指控做了调查报告，随后在六月一日，幸德秋水〔1〕、管野须贺子遭到逮捕。三日，报纸报道了这则消息。遭到逮捕拘禁的共有二十六人。

那些对以山县有朋为后台的官府的办事手段多少有些觉察的人大概不会对这一"莫须有"事件感觉特别意外吧。在拘捕公民之前，他们一定会颁布"敕语"。宪法颁布之前的《教育敕语》就是如此。

这次事件也如出一辙。明治四十一年七月，承认社会党的西园寺内阁下台，接替组阁的是山县的走狗桂太郎。组阁后不久，桂内阁便提出要加强对思想的管控。十月，一道呼吁提高

---

〔1〕 幸德秋水（1871—1911），社会主义者，无政府主义者，日本明治时代的思想家。管野是秋水的情人。

国民道德的"戊申诏书"发布了。

直接让山县感到恐惧的，是前一年，明治四十年的十一月，无政府主义者在旧金山发布檄文，其中说："足下之性命已危在旦夕。"这里的"足下"指的是明治天皇。山县收到了关于此事的报告。

三年后，审判"大逆事件"的大审院[1]庄严开庭。开庭两个月前，十月二十九日[2]，森鸥外前往山县府邸。鸥外的日记中记录了这件事。

同时前往的还有平田内相、小松原文相[3]、法学家穗积八束，还有一位和歌诗人和一名军医。这次集会被称为"永锡会"，意思是"这次集会将成为永久摒除危险思想的锡杖"。

内相和文相是此事的最高责任者，穗积负责撰写山县提交给天皇的意见书《社会破坏主义论》，鸥外负责利用人脉搜集情报、指导"大逆事件"的诉讼（主任律师平出修是鸥外主办的杂志的编辑），以及用小说的形式面向大众讲解无政府主义。相关作品有《食堂》（明治四十三年十二月）等。

关于此事的背景已经有了详尽的考证（大塚美保《迷信与

---

[1] 当时日本的最高法院。

[2] 开庭时间是明治四十四年的 1 月 18 日。这次集会是在前一年，即 1910 年的 10 月 29 日。

[3] 内相、文相分别是内务大臣和文部大臣的略称。

大逆——鸥外〈蛇〉〈芋头的芽和不动明王的眼〉及永锡会》），鸥外在暗中的所作所为简直同双面间谍一般无二，其卑劣程度令人愕然。

那么关于这次事件，其他作家所知如何？又是如何应对的呢？

七十年后，在国会图书馆发现了主张写作社会小说的作家内田鲁庵在当时的亲笔手记（明治四十四年一月二十四日至三月二日）。根据其中的记述，鲁庵曾多方打听逮捕之前的经过，写道："虽说以宫下为首的两三人是真的想做这件事，并非做戏，但此事对其他人来说无异于晴天霹雳。"

他首先在杂志《学镫》（明治四十四年八月号，丸善出版）上介绍了"Oscar Wilde 的 *Vera*"[1]。在这部由唯美主义作家奥斯卡·王尔德创作的戏剧中，有俄国皇帝遇刺的情节。这很有些"擦边球"的意思，被认为是鲁庵故意对当局的挑衅。

随后，鲁庵在同年十二月二十九日至次年共四十七期的《东京朝日新闻》上连载了这部戏剧的全文翻译。世人推测，涉及鲁庵的杂志与报纸并未遭禁是由于当局内心有愧。鲁庵和报社就是要达到这样的效果。

---

[1]　"奥斯卡·王尔德的《薇拉》"，《薇拉》是王尔德于1880年创作的戏剧。

石川啄木[1]在幸德秋水被拘禁的次月撰写了《时代闭塞之现状》一文。这篇文章是为了反对《朝日新闻》所发表的评论而作，故而未得刊用。

啄木在文中控诉：强权致使青年人投身自然主义，社会已然陷于停滞。可以设想，当读者们读到这篇文章时，会立刻将文中的自然主义替换为社会主义或无政府主义。

啄木的论据写在他的《日本无政府主义者阴谋事件经过及附带现象》（六月三日完成）一文中。文中揭露了在当局送到驻外使馆的陈情文中事先就写明了要在秋季进行判决一事，说明所谓"大逆事件"在审理之前当局就预定要判处死刑了，这分明是一起"莫须有"事件。

判决结束后，辩护律师平出修基于自己所知的真相写下了《畜生道》《计划》《逆徒》等文章，分别发表于大正元年（一九一二）九月、十月以及次年九月的杂志《昴》上。正如《计划》一文所表明的，他的动机就是要记录下"几乎所有的嫌疑人都是无罪的"这个真相，留给世人。平出的结论是：幸德秋水虽然没能阻止管野须贺子参与此事，但秋水本人一定是无罪的。

---

〔1〕 石川啄木（1886—1912），日本明治时代诗人。

"我"会如何回应先生的遗书?

漱石可能很早就明了"大逆事件"的真相了。在他于修善寺吐血、人事不省的"大患"之前,在东京住院的时候,石川啄木曾先后在明治四十三年七月一日和五日两次前去探望。正如前文所讲,啄木已经洞悉了事件的真相,所以一定会讲给漱石听。

但关于这次事件,漱石完全没有直接写过或说过什么。

啄木后来患腹膜炎一病不起,漱石曾拜托森田草平转交慰问金。明治四十五年四月十五日,大病初愈的漱石仍坚持参加了啄木的葬礼。此外,在执笔写作《心》之前,大正三年三月二十一日,他也前去参加了平出修的葬礼。

在可能遭到当局监视的情况下,漱石仍然直白地表达了自己与他们站在一起的意志。

而且,漱石决定不去批判这起捏造的"事件"。他选择将最深层的问题抛给读者。因为——虽然这种方式有些迂回——关键就在于,为了抵抗当局对思想的管制,人们应该如何调整和保持日常生活中的行为。

虽然漱石最初的写作动机是对《奥赛罗》的戏仿,但正当他构思成熟准备执笔创作的时候,"游民"的思想问题渐渐浮出水面,随后思想管制(对于作家来说这是最为致命的)的前兆——"大逆事件"发生了。另一方面，考虑到自己的年龄，他也必须为自己在伦敦构思的"用文学评价文明开化"的目标做一个交代了。

为了表述得更加清晰，我们再来回顾一下——漱石在这个时期主要面对的是以下三个命题：第一，讨论《奥赛罗》的结局令人"不愉快"的社会意义；第二，寻求一个防止思想管制、维护自由的体制；第三，对文明开化的评价。

漱石必须一下解决这三个问题。如果还留下一些余地，那就算不上真正解决了它们。而这三个问题又都是难题。

实际上，漱石已经暗示过他的答案。前文对《心》的主旨所做的说明——用"生的方式"（伦理）解决思想问题——就是其一。

另一个答案在漱石于明治四十年四月在东京美术学校所做的演讲"文艺的哲学基础"中。关于《奥赛罗》结尾的"不愉快"，漱石解释说："我觉得，这大概是因为在面对文艺作品时仅仅将'真'这种理想作为标准了。"

即便人们了解了嫉妒心理的"真"（科学），但这并非为了给世界带来"善"（福祉），故此才会"不愉快"。漱石的这一重要解释更加证明了：即便思想是"真"的，如果它算不上"善"，那么它就不值得信奉。

我们来检验一下漱石的这些暗示是否能够成为上述三个问

题的答案。

为了不落入嫉妒的"不愉快"结局，我们必须将"真""善"并举，这样的话，就必须确保思想的自由。如果思想不自由，文明开化便只能得到"失败"的评价。

这一推论意外顺利地解决了问题。但如果再推进一步去落实这个想法，那么小说中的"我"在面对先生对嫉妒的无所作为以及自杀的遗书时，就必须思考出一个回应才对。因而漱石必须写作一部首尾完备的、讲述全部经过的小说。

因此，为了故事的完整性，漱石选择用上、中、下三个故事组成这部小说。如果他再把"我"对遗书的想法和回应写出来的话，那么"不愉快"的社会意义便能够更加明确，对《奥赛罗》的戏仿也必然会更加成功了。

当然漱石也不是十全十美的人，他在其他方面也出过不少错。但仅就上述的三个命题而言，他的确经过了深思熟虑。他运用自己熟悉的"还原"方式从根源把握住了三个命题的共通之处，并导出了一个共通的答案。最后，他一边检验这个答案与三个命题是否相容，一边执笔进行创作。

"为时代精神殉死"的论争仍在继续

虽然对于漱石而言三个命题已经解决了，但对于读者来说，还有一个很大的问题摆在眼前。那就是《心》作为一部哲学小说的特性——不是思想小说，而是哲学小说。

这里的"思想"是指（在日常生活中遇到问题时的第一反应式的）基本思维或思维方式。它与哲学是不一样的。

相对地，"哲学"则指确定有关世界、社会、人类的基本概念并给出说明，或以此为目的对基本概念的定义。

虽然这么说，但也不必将它想得很困难。有一种"哲学"就是建立在"别人不懂哲学"的基础上的。其实一个人只要有哲学的基底，那就说明已经初步拥有了一种切实的、有骨架的思想。

既然有描写心理的心理小说，那么也有描写哲学的哲学小说。《心》所追寻的哲学就是"以时代精神阐明社会（世界）"。

先生后悔自己出于嫉妒而造成了友人的自杀，所以一直都有自杀的打算。明治天皇去世后，乃木希典由于曾被敌人夺去军旗而殉死，这让先生下定了自杀的决心。他对夫人（前文中提及的叫"静"的"小姐"）戏谑地说要为明治的时代精神殉死。但其实他没有在开玩笑，而是认真的。

读者们对于这段内容的理解差异很大，一直以来都争论不休。事实上直到漱石去世百年之后的现在，人们还在重复着这个争论。

乃木希典是遵从武士道为明治天皇殉死的，很多人因为这一点陷入了一种异常的感情冲动之中，从而无法对其进行冷静的判断。

而漱石在开始创作《心》的四个月前，大正二年十二月十二日在第一高等学校进行的演讲（"模仿与独立"）中，就用半肯定的态度谈到乃木希典的殉死要比以元老为首的政治家高出一筹。就像这样，虽然记述显得暧昧不清，但身为"明治人"的漱石似乎还是有些倾向的。这也是引起争论的一个原因。

这种社会性震撼的最后，人们的争论渐渐发展到讨论"要不要像乃木希典一样，或者说像先生一样，以臣民的身份为天皇殉死"这一问题。

但就漱石的哲学而言，明治天皇也好，乃木希典也好，还有不过是一个小说虚构人物的先生也好，他们都是构成明治时代精神的一个部分而已。既然时代精神已经消逝，那他们也就一同死去了。

正如黑格尔所言，任何人都不可能逃避时代精神。也正因为此，每个人都不得不与时代精神相对峙。

在这一点上（这也是他哲学的归宿），漱石是绝不会让步的，也绝不会出于私心故意将之模糊掉。相反，他还要让它更加明确。

那么，明治的时代精神真的足以让人为之殉死吗？在思想史与文化史之外，还没有人从漱石的文学出发探讨过这个十分重要的问题。

作家如何解读作家

在漱石文学走向"则天去私"（漱石自造语，意思是以天为法则，舍弃自我）的过程中，对时代精神的探求则被人们忽视了。

但也有不愿流俗的作家。

在漱石的思想仍然未能得到回应的时候，有一位作家站在"接近漱石的原型和将他置于时代背景之下——我们要同时去做这两件一看就知道是相互矛盾的事情。这并不是我们应该做的，但我们却已经在做了"（《漱石的小说》，《新潮》昭和十一年二月号卷首评论）的立场上——也就是站在回应先生遗书的"我"的立场上发表了意见。他就是当时的新人小说家、英国文学学者阿部知二（一九○三——一九七三，代表作有《冬之宿》）。

这是他在九一八事变五年后、日本侵华战争全面爆发的一年之前所讲的。评论界认为，在那样危险的局势下，发表这种观点是颇具勇气的。（佐藤泰正《文学中的近代与反近代·一个侧面——以对〈心〉的评价为核心》，一九九八年一月）关于明治的时代精神，阿部曾经这样说：

在如今的我们看来，那个造就了他（漱石）的人格与艺术的时代具备不可思议的两面性。……我们感觉，如今的时代是一个没有病态不安与颓废的、光辉的时代（grand-siecle）。……事实上，将他的时代看作一个急于建设未来的现代日本的"努力时代"可能更加合适一些，而漱石则将明治时代所提供的那种活力与光荣、修养与文化集于一身。我们能感受到将修养、富有艺术性的美学、超凡的伦理性等赋予漱石的那个时代的繁荣，不由得让人想要一窥漱石小说与当今时代的关联，想要在那个时代的光芒之中去阐释漱石的人格与艺术。

明治时代具有光与暗的两面。漱石感知到了这一点，阿部同样也感知到了这一点。

那么为什么阿部能够如此走近漱石呢？他和漱石都既是英国文学学者又是作家，这可能是原因之一。

但阿部和漱石不同，他在东大受教于埃德蒙·布伦登（Edmund Blunden，大正十三年至昭和二年任东京帝国大学讲师），十分喜爱《李尔王》《呼啸山庄》和《白鲸》。

这三部作品都是写与"恶"的对决。虽然阿部喜爱的作品与漱石不同，但他面对世界的态度与漱石在根本上是相通的。

另一点，是阿部上大学之前曾在名古屋第八高等学校读书。

漱石的高足中川芳太郎曾在这所学校任教。所以阿部有可能听中川谈起过漱石。

阿部有一种"希望人们能够更深入地了解漱石"的愿望。这也是漱石对后人的期望。

在那之后又过了七十年。再一次愿意面对这个问题的人是大江健三郎。

大江健三郎对《心》的重读

大江在他年轻的时候很讨厌漱石的作品。因为他觉得漱石像殉死的乃木一样是个天皇制主义者，他无法容忍这一点。（大江健三郎《来自后期工作现场——国际视野中的大江健三郎座谈会》，《群像》，二〇一〇年一月号）

但要说喜欢或讨厌一部作品，则必然得先去精读它。果然，到了二十世纪九十年代，大江对漱石的态度完全变了。平成六年（一九九四）获诺贝尔文学奖之后，他竟然在平成八年八月至平成九年五月到普林斯顿大学讲授《心》。

在那之后，大江因《冲绳笔记》（一九七〇）中的记述"损害名誉"而遭到起诉，自平成十七年（二〇〇五）起经历了长达六年的诉讼。于是，他产生了回归战前精神的强烈愿望。因此，他一面回顾历史，一面将之与自己所处的战后民主主义时代相对比，开始系统性地思考时代精神（对《心》的评价也包括在内），想要以此来为自己的创作活动做一个总结。

大江的这一计划开始于诉讼中完稿的《优美的安娜贝尔·李寒彻颤栗早逝去》（二〇〇七）。其后，经历了两年的创作，平成二十一年（二〇〇九）十二月，《水死》问世了。

大江在平成二十年七月在福岛县郡山市召开的医学会议上做了题为"自幼时起，我一直在留意'心'"的演讲。其中他用通俗晓畅的方式对《水死》中难解的内容进行了说明。

这个演讲分为三部分：第一部分讲"个人的心就是时代精神的反映"（"序"）；第二部分以漱石的《心》为核心，对时代精神进行考察（"破"）；第三部分讲作为时代精神的民主主义对我们生命的意义（"急"，即结论）。

从这一演讲可以推断，大江对其内容的思考应该花了一年以上的时间。实际上，这个演讲的主题他已经思考很多年了。这也证明了他十分擅长使用"将前作、前作的前作进行重写"的手法。

《水死》的最开头，大江引用了四行诗，出自 T. S. 艾略特的诗集《荒原》（一九二二年发表）。

海下一潮流

在悄声剔净他的骨。在他浮上又沉下时

他经历了他老年和青年的阶段

进入旋涡。[1]

大江没有引用英文原诗，也没有加注。但我们绝不该忽视这四行诗中隐含的意义。

如果我们将第一行中的"海下一潮流"与最后一行的"旋涡"都解释为"时代精神"的话，那么"骨"就表示"人的一生便是时代精神的一部分"。这样一来，这四行诗就是对黑格尔哲学的一种表达了。

据调查，在哈佛大学的本科与硕士课程中，乔治·桑塔亚那（George Santayana）教授在讲授艾略特作品时就要求学生一定要掌握现代哲学，特别是黑格尔的《精神现象学》。这么看来，笔者对这四行诗的解释应该也是合理的。

另一方面，漱石与同学在东大读书时，通过负责哲学与美术课程的外籍教师范诺罗莎接触到了黑格尔的思想。（见前文）

日美近代文学的根源都深受黑格尔哲学的影响，这一点显得意味深长。同样，大江与漱石同属"黑格尔派"，这一点也很有意思。

以上述观点为前提，笔者发现，大江对时代精神的认识有

---

[1] 此处引用赵萝蕤的译文。

以下特点。

在根源上与漱石一致。在《水死》中，大江将涉及《心》与时代精神的部分设计成了两幕剧（讲述故事的朗诵剧、观众参与的讨论剧）并上演。书中有一段演员向剧作者询问的情节，剧作者做了这样的回答：

> 我觉得正是那些试图远离时代、想要尽量断绝同周遭的联系而生活下去的人，才会受那个时代精神的影响。我的小说虽说基本都在描写那样的人，但不也正是以表现时代精神为目标吗？倒不是说其中有什么积极的价值……即便它让我失去几乎所有的读者，如果我因此而死，那就是为时代精神殉死了。我不正是这么想的吗？

在演出的后半程讨论剧的部分，扮演先生的演员提醒观众说：

> 你背叛友人的结果就是使他自杀。但这是你自己的个性导致的，不能说是因为受到了明治的强烈影响。你不就是那种由于自己的原因而背离这个时代并被边缘化的人吗？让你这么做的并不是时代精神。还不如说，正好相反，是你自己内心的选择。

大江为什么强调这些呢？因为国民（教育委员会）的态度发生了转变：

> 我们觉得明治精神是始于天皇又终于天皇的。你在怀疑这一点吗？受到明治影响最大的我们不正是这么说的吗！而且我们真的为明治精神殉死了！你要贬低这种高贵的死吗？

写下这些的大江自身的态度是没有矛盾的。矛盾是孕育在明治的时代精神之中，而且一直延续到了百年后的现在。世人越来越要求意识形态的复古，大江认识到了这一点，于是在小说中将这两种态度进行了对比。

大江通过《水死》，引出了这些问题：第一，明治的时代精神中进步与反动的两面性；第二，作为战前昭和时代精神的超国家主义；第三，作为战后时代精神的民主主义；第四，作为平成时代精神的"三岛与安倍[1]的复古"。在此基础上，大江选择的立场是守护属于自己的时代精神：民主主义。

漱石在《心》中希望读者发现的，也正是明治的时代精神的真面目。

––––––––––––

[1] 日本作家三岛由纪夫及前首相安倍晋三。

阿部对此有过十分巧妙的形容，他认为明治的时代精神中孕育着"令人不可思议的两面性"。在他之后，大江的分析与他的形容异曲同工。他们都认为时代精神的构成并不是单一的，很多时候都处于两种或两种以上势力的对抗状态之中。这些势力相互威胁，通常很难达成一致。

总结而言，明治时代一方面将人们从士农工商的身份制度中解放出来，而另一方面，解放他们的"动力"则利用拥戴天皇的寡头制、军国主义以及帝国主义扩张，最终迎来了凄惨的战败。这个矛盾就是明治的时代精神。这就是"以时代精神阐明社会（世界）"。

到了今天，漱石提出的问题终于有了回答，但他已然去世百年之久。在这百年间，我们又要面对"能否承受这段充满矛盾的历史所带来的苦痛"和"能否反抗压迫"等新的问题了。

作为"机械降神"的"则天去私"

古希腊戏剧中，若故事陷入胶着而难以解决，就会用起重机将一位扮演神的演员送到台上并由其指挥舞台上的人物采取行动，为之解围，从而让戏剧完结。这被称为"机械降神"（Deus ex machina）。

漱石的"则天去私"正是一种"机械降神"。但它不是来自作者漱石的需要，而是迎合广大读者期待的一个工具，随后又被解读者、评论家等人传扬开来。

漱石最早是在新潮社出版的日记（大正六年）的扉页上题写了这四个字。一旁附有注释说："天是自然。意思就是顺从自然，舍弃'私'的小主观、小技巧。就是说文章要自然流露的意思。"其中没有文章技法之外的含义。

但它却被附会上了东方式的理解，人们认为，漱石的文学历程，直到未完稿的《明暗》，都是一个追求"则天去私"的过程。昭和最初的十年（从二十世纪二十年代到三十年代），这种认识已经成为体系了。

不过，由于找不到反证，我们很难论证这种认识是错误的，因为被认为能够达到"则天去私"境地的《明暗》一书的结局由于漱石中道去世最终没能写完。但不经过反证的辩驳而流行的论调显然是靠不住的。

之所以这种不合逻辑的观点能够通行，完全是由于读者的欢迎。随着战争的扩大，在那种个人遭到否定、强制要求个人为集体奉献的时代潮流中，一些消极适应时代的观点被正当化了。"则天去私"这个被解释为"舍弃自我，尊奉天意"或"舍弃自我即尊奉天意"之意的四字熟语就非常适合这一点。

在这样的时代背景中，"则天去私"虽然明显背离了漱石历来的哲学观念，但还是应读者的期待，扮演起了"机械降神"。所以真相就是，"则天去私"是读者所炮制出来的"机械降神"和"小说的结局"。

"则天去私"的影响力极为巨大，就连阿部的评论和只有年轻时代的大江才能写出的《明暗》（岩波文库版）解说之中都有所保留地提到了它。而读者对它的执着更是持续至今。

通过"重读"进行展望

大江试图回答明治、战前昭和、战后昭和、平成四个时代的时代精神究竟为何物的问题。其中他尤为重视的就是对战前昭和超国家主义的分析，其次是通过对战后昭和民主主义的拥护，对以三岛事件[1]为代表的超国家主义的复活发出警告。

所以，我们可以从中提取的方法是：作为读者，就去重读（rereading）；身为作者，就去重写（rewriting）[2]。

大江通过自己作品中的人物对"重读"发表了这样的看法：

---

〔1〕 1970年11月25日，日本作家三岛由纪夫进入日本陆上自卫队东部总监部，绑架益田兼利总监并集合自卫队员发表演说，呼吁修改宪法，随后切腹自杀。

〔2〕 重写是大江健三郎强调的一种方法，意指打破固有的事物要素并将之重新构筑成全新的事物。

罗兹是个有些好为人师的美国知识女性，她向古义人传授自己的读书方法。

——我的老师诺思罗普·弗莱在引用巴特的时候这么写道：巴特指出，认真（serious）的读者就是"重读"的读者……但，这里的"重读"未必就是重复阅读的意思。而是在作品结构的视野之中进行阅读。这样就让那种易于迷失在语言迷宫之中的阅读方法变成了有方向性的探求（quest）……

文中的巴特在其代表作《S/Z》（一九七〇）中这样写道：

故事一经消费（囫囵吞枣），我们便转到另一个故事、买另一本书，而将这个故事"弃之不顾"——这是现代社会商业意识形态的习惯行为。重读则与之相反。……我们在此便提出了重读。原因是只有它能够将文本从重复之中解救出来（不注重重读的人会一直陷于阅读同一故事的窘境中），并在文本的多样性与重复性之中使其增殖。

大江采用了巴特所提倡的"在文本的多样性与重复性之中使其增殖"的方法。最具代表性的例子就是他以"分析战前昭和的超国家主义"为目的的"重写"。

"重写"的对象人物被设定为《愁容童子》的主人公、作家古义人的父亲。他在四国岛的山村中做造纸材料"黄瑞香"的提炼业务，不仅是家中的大家长，还负责指导从业工人和村民，将当地居民纳入支持天皇的政治体制之中。

而为何要对其进行"重写"呢？因为父亲在战败之后就去世了，而他的死因对当时尚且年幼的古义人来说还是一个谜团。一个谜团稍有解开的苗头，下一个谜团就又出现了。所以"重写"是必要的。

第一阶段的"重写"早在昭和三十五年（一九六〇）《迟到的青年》时就开始了。到昭和四十六年（一九七一）的《亲自为我拭去泪水之日》为止，大江通过六部作品将少年眼中"为天皇而死"的恐惧与为维护国体而被枪杀的父亲的惨死联系在一起。父亲、天皇和死被蒙上了一层神秘的面纱，此时，在大江的意识之中，它们是一体的。

"重写"的第二阶段是昭和五十七年（一九八二）的《倒立的"雨树"》到昭和五十九年的《"赎罪"的青草》。这时期的"重写"是被一种"父亲身上潜伏的暴力是否也潜伏在古义人自己身上"的恐惧所驱使的。

"重写"的第三阶段自昭和五十九年（一九八四）的《如何杀死一棵树》开始，包括昭和六十年的《四万年前的蜀葵》，至同一年的《M/T与森林中的奇异故事》止。年过半百的古义人思考死后的虚无，对死感到恐惧。另外，从少年时代就对"强制性为天皇赴死"的恐惧仍在持续。

第四阶段是间隔了一小段时间之后的平成三年（一九九一），在这一年的《环火鸟》和《"流泪人"的榆树》中，讲他每次看到山野的地形就会想起父亲的罪。

第五阶段是平成十二年（二〇〇〇）的《被偷换的孩子》，平成十四年的《愁容童子》，平成十七年的《别了，我的书！》以及平成二十一年的《水死》。在这些作品中，他让作为那些维护国体而奋起的将校的指导者的父亲在洪水中乘船出行，暗示其溺死的结局。

经历了五个阶段的"重写"，总体上让父亲的形象发生了三个变化。

第一，听到代表地方传统的母亲对父亲行动的批判（虽然是片段式的），父亲的权威被削弱了。

第二，由于衰老，父亲的身材变得臃肿，他躲在仓库中由于患癌症而出现出血症状，露出了种种丑态。

第三，父亲渐渐变得精神失常。这明显是对三岛由纪夫切腹事件的批评，同时也意味着对复古思潮的警惕。

通过这三点，大江强调了以父亲为代表的战前昭和超国家主义的可憎，并将之戏剧化。

大江的"重写"展现了明治时代的"两面性"中"明"的一面（解放身份制度的动力）被"暗"的一面（权力垄断与思想钳制）所压倒，在此时期，对"则天去私"的错误解释又助长了这种趋势，最终让战前昭和的超国家主义变得无法无天。而读者则需要通过"重读"去获得这种历史性的展望。

像这样，《心》这部作品在它出版百年之后，终于通过读者的"重读"实现了它的意义。漱石曾说"理解自己的作品需要上百年时间"，信哉斯言。

《心》是一部历经百年的极为宏大的悲剧，同时也是目击日本近代历史之后的悲怆证言——这么说应该不算是"标新立异"吧。今后，它更应该被人们当作一部"箴言"而继续阅读下去。

后　记

我们能够用一张图来概括日本近代历史的浮沉吗？

日本现代历史是指一九四五年第二次世界大战结束以后至今的历史。日本近代史则是一八六八年明治维新开始至二战时期的历史。

后人推算出了明治时代前半期的 GDP 数值。将其与之后的 GDP 强行联系起来，就可以用图表的形式显示出政府的累计财政赤字膨胀了多少。财务省公布了这一数据。

纵轴是累计财政赤字与 GDP 之比的百分数（概数），横轴为年份。结果，在这一坐标系中，出现了一条惊人的曲线。

英日同盟结成的一九〇二年（明治三十五年），这一比值约为 25%。到了日俄战争时的一九〇四年（明治三十七年），该比值增大到了 70%。第一次世界大战以后保持在 30% 左右。由于九一八事变，一九三一年（昭和六年）的比值增大到 50%。太平洋战争爆发后，一九四一年（昭和十六年），比值变为 100%，而三年后，一九四四年（昭和十九年），该比值猛涨到了 200%。

由于战败后的经济凋敝，政府没有能力偿还相当于 GDP

两倍的欠款。由此引发的信用危机，导致了严重的通货膨胀。政府开始征收财产税，国民购买的国债成为一张废纸。政府就通过这种方式勉强熬过了这段危机。很多人被国家骗得血本无归。

这就是荒率至极的日本近代史的缩影。在这一过程中，日本走向横行妄为的转折点（或曰"历史的拐角"），正是一九〇四至一九〇五年的日俄战争以及之后的军备扩张。而九一八事变以后的历史又是对它的重复。

就在这个埋下祸根的"历史拐角"之中，漱石写下了《少爷》和《心》。如果不考虑这个历史背景，那么就难以对漱石的作品进行评价。我们必须时刻注意这一点。漱石作为作家的伟大之处就在于他一针见血地刺中了"文明开化"的要害。

基本上，面向普通读者的日本近代史书籍都将"九一八事变后无视国际协调"和"多次经济危机后错误的经济政策积重难返"视为近代日本的两大失败。这一观点现在仍被广泛接受。

但人们却未必认识到这两大失败背后更为基础的错误（体制的缺陷）。它就是《少爷》中讽刺的寡头政治及其带来的堕落，《心》之中质问的思想钳制，以及明治时代精神的"暗"的一面——虽然对这些根本性错误的针砭仍然"被压抑着"。一言以蔽之，这个根本性错误就是那部并不"依法治国"的充满漏洞的明治宪法。

漱石在《三四郎》中说"无谓地听课，无谓地毕业"，在演讲《现代日本的开化》中说"浮皮潦草地就过去了"，都对"文明开化"进行了批判。

而人们对什么"无谓"，又对什么"浮皮潦草"呢？这个"什么"，就是日本近代史中最大的祸患，也就是《少爷》和《心》两部作品的主题。

那么，为什么这些根本性的错误未被深究就被压抑下去了呢？笔者认为，我们应该考虑政治方面的因素。

所以，为了不再重复犯下过去的错误，我们必须继续"重读"漱石的小说。

听到"早晚会亡国"这个预言的三四郎，终于还是去了东京。透过车窗，他应该看到了那沐浴在灿烂阳光下的富士山。

而在宣告明治时代落下帷幕的《心》中，"我"为了确认先生的死讯，跳上了开往东京的夜行列车。车窗外一片黑暗，什么都看不到。

人们本以为这个时代是光明的，但当他们回过神来时，它已经沉没在黑暗之中了。